初恋の諸症状

Sachi Umino
海野幸

CHARADE BUNKO

Illustration

伊東七つ生

CONTENTS

「帰ってもいいか」

目的地の居酒屋に到着するなり秋人《あきひと》が問いかけると、後輩の一之瀬《いちのせ》は眉尻《まゆじり》を下げて「ここまで来て何言ってるんですかぁ」と情けない声を上げた。

夏だというのに日に焼けていない秋人の白い顔に、あからさまな不服の表情が浮かぶ。細《ほそ》面《おもて》に銀縁の眼鏡《めがね》をかけた秋人の顔は整っているものの、険しい表情になると俄《にわ》かに威圧感が漂って近寄りにくいことこの上ない。身長は百七十センチにギリギリ届くくらいで細身なタイプなのだが、秋人より頭ひとつ背の高い一之瀬はすっかり萎縮《いしゅく》してしまっている。

「たまにはいいじゃないですか、パァッと飲みましょうよ」

「だからってどうして営業部の歓迎会に私が出席しないといけない？」

眉間《みけん》に皺《しわ》を寄せて尋ねる秋人は怒っているのではなく確認をしているだけで、険しい顔は単なる地顔だ。それでも、眼鏡にかかる前髪を乱暴に払う秋人に一之瀬は首を竦《すく》める。

「だからそれは、新しく入ってくるＭＲの人が、どうせ歓迎会をやってくれるなら営業部だけでなく他部署の人たちも呼んで欲しいって言ったからで、それで俺にも営業の同期から声がかかって、せっかくだから浅野《あさの》さんもどうかと……」

その発想がわからないのだと秋人は眉間の皺を深くする。秋人たちのような研究部の人間と営業部の人間が親睦《しんぼく》を深めることに何か意義があるのか。

やはり場違いではないかと踵《きびす》を返しかけた秋人の肩を一之瀬が慌てて摑《つか》んだ。

「浅野さん！　ここまで来たんですから入りましょうよ！　浅野さんの知ってる人だっていっぱい来てますから！」

言うなり一之瀬は強引に秋人の背中を押して店の奥へと押し込んでしまう。会社を出てからずっとこの調子で店まで連れてこられた秋人は、いい加減観念すべきかと大人しく足を進めた。

（……一之瀬なりに私に気を遣っているんだろうしな）

それがわかるだけに秋人も無理やり一之瀬の手を振りほどくことができない。

秋人と一之瀬は今年の春まで同じ研究室で仕事をしていたのだが、春先の人事異動で秋人は別の研究室に移ることになってしまった。しかも周囲が納得しかねる理由でだ。

季節は春から夏に移り、当の秋人はすでに現状を受け入れたつもりなのだが、一之瀬は未《いま》だに秋人を気遣い暇さえあればこうして秋人に声をかけてくる。

秋人たちが店内の座敷に上がると、大人数が座れるよう長テーブルを配置した席にすでに二十名近い人数が集まっていた。ざっと見たところ、ほとんどが本社の人間だ。

秋人の勤める製薬会社は本社と研究所で建物が分かれており、二つは同じ敷地内に併設されている。社員食堂は本社ビルにしかないので秋人たち研究職の人間もたびたび本社を訪れるが、本社と研究所の社員はほとんど別会社並みに接点を持つことがない。はずなのだが。

「あ、浅野さんも来てたんですが」

「浅野さん、お久しぶりです」

「浅野さん、この前はどうもー」

座敷に上がるなり、方々から秋人に声がかかった。一之瀬の言う通り集まったのは営業部だけでなく、経理部や総務部や学術部の人間もいる。彼らは研究所にほとんど顔を出さない本社の人間なのだが、なぜか皆秋人の顔を見知っている。

ほとんど表情も動かさず軽い会釈を返す秋人の後ろで、「さすがですねぇ」と一之瀬がはしゃいだ声を上げた。

「今声かけてきた人たち、皆浅野さんにお弁当作ってもらった人ですか？」

「……まぁな」

「浅野さんのお弁当はご利益ありますからね！　本社の人たちにも有名で……」

「根も葉もない噂《うわさ》を広めた張本人はお前だろうが」

「俺は営業の同期にちょっと喋《しゃべ》っただけで、その後本社に噂が広まったのはやっぱり浅野さんのお弁当の実力ですよ」

もういい、と顔の横で手を振って、秋人は長テーブルの端に腰を下ろした。

斜め向かいの席には総務部の女子社員が固まって座っていて、その中のひとりが秋人に気づき会釈をしてきた。綺麗《きれい》に髪を巻いて清潔感のある化粧をした彼女の名は村上《むらかみ》という。

彼女にも先日弁当を作って欲しいと頼まれたのだが、三十路《みそじ》近い男の作った弁当をありがたがって受け取る村上を見て、まったく妙な噂が広まったものだと思ったものだ。

秋人の勤める製薬会社には知る人ぞ知る噂がある。

研究所にいる、浅野秋人なる職員が作る弁当には、不思議なご利益があるというものだ。噂が立ち始めたのは二年前。秋人の所属する研究室に一之瀬が入ってきた頃のことだ。

一之瀬は入社当初から非常に明るく誰に対してもフレンドリーだったのだが、新人ゆえに慣れない仕事で不手際を繰り返し上司だの先輩だのの手をさんざん煩わせ、挙げ句の果てには激務の末に彼女に振られて見るも無残なほどに意気消沈、入社したての明るさはどこへ行ったのかと周囲が案じるほど塞《ふさ》ぎ込んで、食事もろくに喉《のど》を通らなくなってしまった。そんな一之瀬を見るに見かねた秋人が、「きちんと栄養を摂取しないと仕事を覚えるより先に倒れるぞ」と手製の弁当を押しつけたところ、周囲も驚くほど事態が好転した。

それまで凡ミス続きだった仕事がつつがなくこなせるようになり、上司や先輩たちの評価も上昇。時を同じくして別れた彼女には以前から二股《ふたまた》をかけられていたことが発覚して立ち直るきっかけにもなった。

単純に、秋人が弁当を渡したタイミングがよかっただけの話だろう。秋人としても、市販の弁当ではなく手作りならば箸《はし》もつけずに捨てられることはないだろうと思ったに過ぎない。

だが、一之瀬は秋人の弁当に何か霊験あらたかなものを感じてしまったらしく、以来秋人手製の弁当にはご利益があると研究所内に吹聴《ふいちょう》して回ったのだった。

噂は研究所全体に波及し、研究所と併設した本社にまで伝わって、今では研究所どころか本社の人間からも秋人に弁当の依頼が舞い込むようになった。

秋人に弁当を作ってくれと頼んでくる者は多かれ少なかれ不安や悩みを抱えている。秋人自身は自分の作るものがなんの変哲もない弁当でしかないことを自覚しているので、せめて各人の不安を払拭《ふっしょく》すべく科学的根拠のありそうな食材を選ぶことを心がけている。

たとえば先日の村上なら、新しくできた彼氏との初デート前に肌が荒れてしまったのでどうにかしたいと相談を受け、コラーゲンや抗炎症物質を含む鮭《しゃけ》と、肌の若返り効果が期待できるビタミンE豊富なほうれん草とアーモンドの胡麻和《ごまあ》えを弁当に入れてやった。ついでに女性ホルモンに似たエストロゲンが多く含まれる大豆とひじきの煮物も添えて。

そんなことを思い出しつつ秋人は座布団に下ろしかけていた腰を浮かせ、テーブルを回って一団の端に座っていた村上に声をかけた。

「こんなときに申し訳ないが、前から頼んでいたホームページの件はどうなった?」

周囲の喧騒《けんそう》に紛れてしまうくらい低い声で秋人が尋ねると、村上は長い髪を一度耳にかけ、綺麗に口紅を塗った唇でニコリと笑った。

「あのページならきちんと情報システム部に依頼して削除してもらいましたよ」

「そうか、ありがとう。わざわざ悪かった」

「いえ、私こそ。本当はもう大分前に削除は終わってたみたいなんですけど確認を怠ってしまって、連絡が遅れてすみません」

こうして話をしていると村上は大層しっかりした女性に見えるのだが、その実しょっちゅうつき合っている男性が変わる。そのたび秋人に「新しい彼とデートなんです」と弁当を依頼してきて、尋ねてもいないのになれ初《そ》めまで語ってくれるのが玉にきずだ。先日などは別れた男にしつこくつきまとわれている上、相手は妻子持ちだったことまで打ち明けられてどう反応したらいいものか途方に暮れてしまった。

また妙な話を振られてしまっては大変だと早々に元の席に戻ると、横から一之瀬が窺《うかが》うような表情で秋人の顔を覗《のぞ》き込んできた。

「あの、今のってもしかして会社のホームページに載ってたインタビューの話ですか？」

「そうだ」

「あれなら無理に削除しなくても、あのまま載せておいてもよかったんじゃ……」

いや、と秋人はきっぱり首を横に振る。

「私はもう、リード創出研究室にはいないからな」

秋人が削除を依頼していたのは、自社のホームページ上にある社員紹介のページだ。主に秋人たちの勤める会社を志望する新卒に向け、どんな部署でどんな人間がどんな仕事をしているのかを紹介している。

その中に、秋人の記事も写真つきで載っていた。研究部・創薬研究所・リード創出研究室にて中枢系をテーマに研究している研究者として新入社員の頃にインタビューを受けたものだ。日々の仕事内容に加え休日にどんなことをしているのかなども尋ねられ、当時よくしていた和菓子店巡りの話などが掲載されていたはずだ。

だが現在、秋人が所属しているのはリード創出研究室ではない。今年の春から安全性研究室に異動して、現在は非臨床実験——いわゆる動物実験を担当している。

四年前、ホームページに自身のインタビューが掲載されて以来、そのページを見ることも思い出すことさえほとんどなかったのに、数ヶ月前に異動が決まった直後、ふいにネット上に晒《さら》されたその記事を思い出した。

社内の職員紹介ページなんて職場の誰が見ているわけでもないことくらいわかっている。ましてや自分と接点のない赤の他人に見られたところでなんということもないはずなのに、現在の自分と画面上の自分の立ち位置の違いがやたらと気になって、一刻も早く削除したくて仕方がなかった。だからといって個人的な理由で他部署の人間に仕事を振るのは気が引けて、総務部で顔見知りの村上経由で前々から削除の依頼をしていたのだ。

一之瀬が気遣う視線でこちらを見ているのを知りながらそちらは見ず、秋人は鞄《かばん》の中に手を入れて話題を変えた。

「新しく入ってくるのはMRだったか？　こんな時期に中途採用されるなんて珍しいな」

「あ、はい。なんか、異例のヘッドハンティングだったらしいですよ。凄《すご》い優秀な人らしいです。MBIの資格も持ってるそうで」

まぁMBIってなんのことだか俺にはよくわかんないんですけど、と一之瀬は情けない笑みを浮かべてつけ加える。

MRとは医療情報担当者のことだ。大学病院や診療所の医師に自社が手掛ける医療品や対象の患者などを説明して、商品の販売を促進する。言ってしまえば営業なのだが、一般的な営業の仕事として連想される品物の納品や代金回収、卸値交渉などはMRとは別にMSと呼ばれる医療営業担当者が行っており、どちらかというとMRは医師に対して医療品情報を提供する専門職に近い。

一之瀬の言葉に耳を傾けながら、鞄の中の携帯を探す。途中、指先に自宅の鍵が触れて秋人は手を止めた。

鍵には古びたキーホルダーがひとつついている。秋人はそれをそっと指先で撫《な》でた。

このキーホルダーをつけているせいで、滅多なことでは自宅の鍵を人目に晒すことはできなくなった。以前うっかり鞄から落としたときは大慌てで拾い上げて手の中に握り込んだほどだ。隠すくらいなら持ち歩かなければいいと頭ではわかっているのに、鍵からキーホルダーを外そうとするたびに心のどこかが嫌がって手を止めてしまう。結局もう、十年以上同じキーホルダーを使ったままだ。

（……あいつはもう、とっくに捨ててしまっているんだろうな）

鞄の中に手を入れたまま、秋人は遠い昔に思いを馳《は》せる。

共にキーホルダーを買い求めた同級生の顔を思い出すだけで耳の端が熱くなるのはいつものことだ。子供の頃はこうして耳が赤くなるたび、「自律神経失調症だ」と胸を張って断言していた。「それ大丈夫な病気なのか」と真顔で問い返す同級生の顔も脳裏に蘇《よみがえ》り、秋人の口元に微《かす》かな笑みが浮かぶ。時を同じくして、座敷の入口が急に騒がしくなった。

「すみません、ちょっと遅れてしまって」

座敷内の視線が声のした方に集中する。鞄の中に視線を落としていた秋人は一瞬反応が遅れ、入口に立つ人物よりも先に、斜向《はすむ》かいにいた総務部の女性陣の反応に目が行った。

声の主を見て一様に驚いた顔をした彼女たちが、次の瞬間歓喜に顔を輝かせる。

拍手で主役を迎えながら、「若い！」「背ぇ高い！」「脚長い！」「美形！」と小声で次々にまくし立てる総務部に気圧《けお》されつつ入口を振り向いた秋人は、皆と同じように拍手をしようとして、直前で手を止めた。

入口に立っていたスーツ姿の男性は、女性陣が一瞬で色めき立つのも納得の美丈夫だった。年は二十代の後半といったところか。パッと見た瞬間スタイルのよさに目を奪われるのは、腰の位置が高く上背があるからだろう。少し長めの前髪は柔らかな栗色《くりいろ》で、その下から覗く目元はごく自然な笑みを含んでいる。大勢の人の視線を一身に集めてもまるで身構えたところがなく、一之瀬でさえ「いい男ですねぇ」と感嘆の声を上げている。感じのいい笑顔を浮かべて幹事からビールのつがれたコップを受け取ったその人物は、同性であってもやっかむ隙《すき》がないくらいだ。

秋人はその人物を見詰めたまま、両手の指先を合わせた格好で身じろぎひとつできなかった。大きく目を見開いて入口に立つ人物を凝視していると、相手はビールの入ったコップを片手にごく簡単な挨拶《あいさつ》を始めた。

「本日は自分のためにこのような歓迎会を開いていただき、ありがとうございます。今月から営業部に配属されました、久我政木《くがまさき》と申します」

笑顔で歯切れよく挨拶する男の顔が二重写しのようにだぶって見えた。まだ少年のあどけなさを残した柔らかな頰《ほお》の輪郭が、久我と名乗った男の顔に重なり秋人は息を詰める。

その刹那《せつな》、懐かしい匂《にお》いが秋人の鼻先を掠《かす》めた。

日差しをたっぷりと吸い込んだ、乾いた草に似た匂い。

とっさに、あの男の匂いだ、と思った。久我と名乗る男が立つ場所から秋人が座る席までは優に数メートルは離れていたし、室内には料理の匂いも充満していたはずなのに、秋人は確かにその匂いを感じ取る。

(――……久我の匂いだ)

思った途端、体がびくりと震えた。堪《こら》えきれず秋人が大きなくしゃみをするのと、久我が「乾杯」と声を上げたのはほぼ同時だ。直後その場にいた人々から乾杯の唱和が上がり、各人がコップの中身を飲み干す沈黙が続く。続いて起こった拍手の中、秋人は片手で口元を押さえたまま恐る恐る部屋の入口に視線を向けた。

久我はくしゃみの声に気づいたのか、コップに口をつけるのも忘れた様子で秋人の方を見ていた。視線が合うと、久我の端整な顔に一瞬で驚愕《きょうがく》の色がにじむ。

俄かに心臓が跳ね上がり気道まで塞がれた錯覚に陥った秋人は、勢いよく顔を伏せると喘《あえ》ぐように息を吐いて傍らに置いていた鞄を手元に引き寄せた。

「一之瀬、悪いが私はこれで失礼する」

「えっ！　な、なんですか急に？」

ようやく主役も到着し、早速料理に手をつけようとしていた一之瀬が目を丸くする。

「すまない、急用を思い出した」

「ええ？　だってようやく料理も食べられるのに」

「私の分までお前が食べてくれ。それじゃあ……」

震える声を必死に抑えて立ち上がろうとすると、秋人の行く手を阻むように傍らに長い影が落ちた。

「先に帰っちゃうなんて、俺のこと歓迎してくれないわけ？　秋人」

記憶より少し低い声にぎくりとして秋人は動きを止める。名前を呼ばれてしまえば無視することもできずそろそろと視線を上げると、すぐ側《そば》に久我と名乗った男が立っていた。

久我は秋人を見下ろすと、端整な顔を惜し気もなく緩めてにっこりと笑った。

「やっぱり、秋人だ」

それは遠い昔、かくれんぼの最中に茂みの中に隠れていた秋人を指差し、「見つけた」と笑ったのと同じ顔だった。当時と同じく、見つけられた、とも、見つけてくれた、とも思える説明しがたい感情が溢《あふ》れ、秋人はとっさに動くことができない。その間に久我は秋人の隣に腰を下ろしてしまい、同じテーブルに座っていた総務部の女性陣が俄然《がぜん》活気づいた。

秋人は眼鏡の奥で何度も目を瞬《しばたた》かせ、隣に座った男の顔を凝視する。

こうして久我と顔を合わせるのは、十年ぶりだろうか。久しく見ない間に久我は顎《あご》の輪郭がしっかりして、背も随分と伸びたようだ。でも、相手が動き出すまでジッと視線を逸《そ》らさないところは変わらない。

「……久我、なのか？」

信じられずに呆然《ぼうぜん》と呟《つぶや》くと、久我は猫のようにするりと目を細めた。肯定代わりの笑顔に目がくらみそうになって、秋人は無自覚に畳の上で後ずさりをする。

「あの……もしかして、お二人はお知り合いなんですか？」

秋人と久我の様子を後ろから窺っていた一之瀬が控えめに声をかけてきて、秋人はこれ幸いとばかり一之瀬を振り返る。これ以上久我の顔を見ていたら窒息しそうだ。

酸欠気味の秋人に代わって気さくに一之瀬の質問に答えたのは久我だ。

「そうだよ、秋人とは小学校から高校まで同じ学校だったんだ。大学別々になってから全然連絡とってなかったんだけど、まさかこんなところで再会できるとは思ってなかった」

「うわ、それ凄い偶然ですね」

心底驚いたような一之瀬の声に、久我の柔らかな笑い声が重なる。声の調子を聞く限り久我の機嫌はまったく悪くないようだが、秋人はなかなか久我を振り返ることができない。

久我の言葉には多少現実と異なる部分がある。大学に入ってから連絡をとっていなかったのではなく、秋人が無理やり連絡をとれないようにしてしまったのだ。携帯の機種を変更して電話番号もメールアドレスも変え、久我からの連絡を受けられないようにしてしまった。

一方的な拒絶同然の行為を久我が不愉快に思ったとしてもそれは仕方のないことで、携帯を変えた直後は秋人もそんな久我の姿を想像して何度も胸を痛めた。

けれど当時の自分はそうするより他にどうしたらいいか、まるでわからなかったのだ。

「秋人」

後ろから久我に名を呼ばれ、ビクリと肩先が跳ね上がる。数秒の間をおいてからおっかなびっくり振り返ると、鼻先に空のコップを突きつけられた。思わず受け取れば、すぐに久我が瓶からビールをついでくる。

コップにビールが満ちるまでのごく短い時間が、恐ろしく長い。目を伏せた久我の表情が上手く読み取れず息を潜める秋人に、久我は自然な口調で尋ねた。

「元気だったか？」

短い問いかけに、小さく喉を上下させてから掠れた声で「ああ」と応じる。

ようやく久我が目を上げて秋人の顔を見た。言葉以上のものをそこに見出そうとするかのようにジッと秋人の目を覗き込んだ久我は、秋人の言葉に嘘《うそ》はないと判断したのか、口角をキュッと引き上げて子供のように屈託なく笑った。

十年ぶりに間近で見るその笑顔に、秋人の心臓があり得ないくらい早鐘を打つ。しかもそれは規則正しく速度を上げるわけでなく妙にぎくしゃくして心臓が痛いくらいだ。不整脈にも似ている。無自覚に頬が痙攣《けいれん》して、顔面神経痛に似た症状が起こる。コップを持つ手がブルブルと震え中身が畳に落ちるに至り、秋人の様子を後ろから見守っていた一之瀬が目を丸くした。

「あ、浅野さん？　どうかしたんですか？」

尋常でない秋人の様子にうろたえる一之瀬とは対照的に、久我はのどかに笑う。

「相変わらず、なんかよくわかんないけど大変だなぁ、お前」

「え、相変わらずって……？」

「そ、そうだ、いつものことだ！　一之瀬も、気にするな」

秋人は不可解そうな表情を浮かべる一之瀬を掠れた声で押しとどめるが、当然一之瀬は納得しない。常日頃滅多に顔色の変わらない秋人がここまで露骨に動揺する様を見るのは初めてなのだから当然といえば当然だ。

だが十年前は、この状況こそが普通だった。久我の傍らにいた頃、秋人は終始この調子でまともに振る舞えたためしがない。

病はまったく完治していなかったのだと、十年越しに痛感する。

秋人が間にいるせいか久我は一之瀬の不可解そうな表情には気づかなかったようで、運ばれてきた焼き鳥の串《くし》から箸《はし》を使ってひょいひょいと肉を抜き始めた。今日の主役であるはずの久我がこんなテーブルの端にいていいのかとも思うが、本人は気にした様子もなくすっかりこの場に腰を落ち着ける気でいるようだ。

「それにしても、高校卒業してから丸十年か。懐かしいなぁ。お前同窓会とか全然出てこないからもう会えないかと思った」

器用に串から肉を抜く久我の長い指を一心に見て気持ちを落ち着かせようとしていた秋人は、まるで自分に会いたかったような久我の物言いにまたしても心かき乱されて声が出ない。答える代わりに音を立ててビールを飲むと、久我が横顔だけで薄く笑った。

「さっきは目が合ってもすぐ逸らされたから、忘れられたかと思った」

どこか淋《さび》し気なその口調に、あと一息で「馬鹿な」と声に出してしまいそうになった。

忘れるはずがない。忘れられるわけもない。本当は座敷の入口に立つ久我を見た瞬間に気がついた。十年の歳月なんて一瞬で消えて記憶が当時に巻き戻った。

けれどそんな本音を口にする度胸はなく、秋人はことさらぶっきらぼうな口調になる。

「……ほとんど忘れていたようなものだ」

「そっかー。でも俺はずっと覚えてたよ」

焼き鳥を串から抜き終えた久我がおしぼりで手を拭《ふ》きながらあっさりと言い放つ。本気とも冗談ともつかない言葉など聞き流せばいいものをそれもできず、秋人は両手でコップを握り締めた。

「う、嘘をつけ。お前はいつもそうやって、調子のいいことばかり……」

「本当だって。だってまだ携帯にお前の携帯番号とアドレス残ってる」

そこに携帯電話でもしまわれているのか、笑いながら久我がシャツの胸ポケットを叩《たた》く。もうとっくに繋《つな》がらなくなっていたのに、この十年間久我の携帯に自分の名前が残っていたことに秋人は息を引《ひ》き攣《つ》らせる。もしかすると単純に削除するのが面倒でそのままにしていただけかもしれないのに、胸の底からどうしようもない嬉《うれ》しさが湧《わ》き上がってくる。

(——……こいつは、いつもこうだ)

久我はいつだってさらりと何気ない一言で人の心を揺さぶっていく。きっと根っからの人たらしなのだ。久我の言葉に深い意味などないとわかっているのに、それでも何度でもうろたえ、心臓をわしづかみにされた気分になる。

秋人は微かな溜息《ためいき》と共にシャツの上から自身の心臓を押さえつけた。苦しいぐらいに高鳴る心臓を宥《なだ》めようとしていたら、横から久我が烏龍茶《ウーロンちゃ》の入ったコップを差し出してきた。

「こっちにしとくか？　万年狭心症」

口元にからかうような笑みを浮かべる久我を横目で睨《にら》み、秋人は無言で烏龍茶を受け取る。すかさず隣にいた一之瀬が目を丸くして秋人の顔を覗き込んできた。

「狭心症？　浅野さんがですか？」

「気にするな、こっちの話だ」

不思議そうな顔の一之瀬を適当にあしらい、秋人は一息で烏龍茶を呷《あお》る。

小学生の頃の秋人は、急に脈拍が上がったり頬が熱くなったり、自分の体を襲う不調すべてに名前をつけなければ気が済まない子供だった。家庭の医学書を片手に調べたそれらはすべて見当違いな病名ばかりだったが、当時の秋人はそういう病気なのだと信じ込み、挙げ句それらを逐一久我に報告していたものだから未だに久我も妙な病名を覚えている。

烏龍茶片手に秋人が黙り込んでしまうと、早々に秋人の鼻先で久我と一之瀬の楽し気なやり取りが始まった。相変わらず、久我は他人と打ち解けるのが滅法早い。

その合間にも久我はテーブルの上の料理を席の離れた者へと取り分け、そのタイミングで上手に周囲の会話も回す。斜向かいに座っていた総務部のメンバーも巻き込んで、秋人たちの座るテーブルはたちまち華やかな笑い声に包まれた。

話に熱中しているように見えて、誰かのコップが空くとさりげなく店員を呼び止めたりするあたり、場の空気を読む上手さも変わっていないようだ。今日初めて顔を合わせる人々と飲んでいるとは思えないほど早々に久我は周囲に溶け込み、会話も弾む。

元から口数が少ない上に大人数で話をするのに慣れていない秋人は黙ってテーブルの上を飛び交う会話に耳を傾けていたが、途中からだんだんとその表情が曇り始めた。気がつけば話のネタが過去の自分にまつわるものになってきたからだ。

同じテーブルに座っていた者たちはほとんどが本社の人間だったが、その中にちらほらと秋人に弁当の依頼をした者がいたのが悪かった。さらに間の悪いことに、一之瀬が久我に問われるままべらべらと秋人の近況を語るので歯止めがきかない。

「そっかぁ、秋人は未だに頭が固いんだなぁ」

「そうなんですよ、ひとつでも疑問が出てくるとまるで容赦してくれなくて」

泣きつくような口調の一之瀬に、久我は「昔っからだよ」と笑う。

「小学校の頃、クラスでサンタクロースは実在するかって話になったんだけど、こいつひとりで『一晩で世界中の子供にプレゼントを配るには超高速で移動をする必要があって、そうなるとソリの後に発生するソニックブームで地球の大地の大部分がズル剝《む》けになる』、とか言い出してさ」

「ソニックブームって、なんで子供がそんな言葉知ってるんですかねぇ」

「戦隊物のヒーローにも懐疑的だったな。悪の組織と戦ってるのに自分たちから率先して敵のアジトを探しに行かないのはおかしい、とか言って」

可愛《かわい》くなぁい、とどこかから笑い交じりの声が上がる。

確かに当時の自分は相当に可愛気のない子供だったことだろう。けれど子供なりに真剣に考えてその結論に至ったのだ。大人になってから弁解することでもないので反論もせず烏龍茶を飲んでいると、久我がやんわりと笑った。

「真面目《まじめ》だったんだよ。俺はこいつのそういうとこ、嫌いじゃなかった」

思わぬところでフォローが入り、秋人はコップの縁に鼻を突っ込んだまま顔を上げられなくなる。頬がジワリと赤くなるのがわかるからなおさらだ。

秋人の動揺など素知らぬ顔で、久我は昔話をやめようとしない。

「中、高の頃は同じ部活に入ってたんだけど、試合の前には必ずカツサンド作ってきてくれてさ。カツサンドだから勝つ、とかべったべたなジンクス掲げてたけど、なぜかあれ食べると不思議と調子出たんだよな」

「あー！　やっぱり！」

一之瀬の他、村上やその他数名が大きな声を上げる。全員秋人に弁当を頼んだ者たちだ。

予想外の反応だったのか、久我はきょとんとした顔で周囲を見回した。

「何、やっぱりって？」

「……もういい、これ以上私を酒の肴《さかな》にするな」

学生時代せっせとチームメイトのためにカツサンドを作っていたことを職場の人間に知られるのも、十年経《た》った今も似たようなことをしていることを久我に知られるのも気恥ずかしく、秋人は低く押し殺した声で会話を止める。

こういうときの久我は反応が早い。軽く肩を竦めてスッと話題を変えてしまう。引き際をよく心得ているから、誰かが久我に対して本気で腹を立てる姿というのを見たことがない。

しばらくしてから、久我がこそっと秋人に耳打ちしてきた。

「ごめん。初めて会った人たちでも共通の話題があると盛り上がりやすいから」

直球で謝られると突っかかる気力も萎《な》える。端《はな》から本気で不愉快に思っていたわけでもなく、むしろ久我が随分とよく昔のことを覚えていて面映《おもは》ゆかったくらいだ。曖昧《あいまい》に口の中で言葉を転がしていると、小さな角皿に乗った焼きおにぎりが横から差し出された。

よかったら、と久我が勧める焼きおにぎりを目にした途端、ぐぅ、と腹が鳴った。

ちょうど腹が減ってきたところだったものの、半端に料理の残った大皿に手を伸ばすのは億劫《おっくう》でお通しにチマチマ手をつけていた秋人の目顔を読んだかのようなタイミングだった。

本当に、久我は他人の顔色をよく見ている。

（前の会社でもさぞ優秀な営業だったことだろうな）

あっという間に周囲と打ち解けていく久我を横目で見ながら秋人は思う。昔から久我は他人の懐に入るのが上手かった。相手の年も性別も関係なく、容易《たやす》く人心を掌握する。

時間の経過に伴い場も打ち解けてきて、久我が他のテーブルを回り始めた。会話の流れを断ち切らないタイミングで人の輪の中に滑り込み、空いているコップにビールをついで、挨拶がてらその場にいた人々と何事か喋っていく。

秋人は焼きおにぎりを食べながらそれとなく久我の様子を窺った。

相手の話を聞くとき、ジッと瞳《ひとみ》を覗き込む久我の癖は変わっていないようだ。気圧されるほどの美形に見詰められると普通の人間は怯《ひる》むものだが、威圧感を覚える直前で気さくに目元を緩められたりするから、その緩急に相手はすっかり惹《ひ》きつけられる。

久我と話し込んでいる総務の女子社員も久我から目を逸らせなくなっている。その頰が酒のせいばかりでなく赤くなっているようで、秋人の胸がチクリと痛んだ。

(こういう気分になるのも、昔は日常茶飯事だったな)

クラスメイトや上級生、下級生、部活のマネージャー。久我の周りにはたくさんの女子がいて、絶えず久我に秋波を送っていた。

中でも思い詰めた目で久我を見詰めていた、三つ編みの下級生の姿が未だに秋人は忘れられない。

(……結局あの娘《こ》と久我はどうなったんだったか)

それを知る前に久我の前から逃げ出してしまったから今となってはわからない。というよりむしろ、その結末を知りたくなくて久我から逃げてしまった節もある。

おにぎりを食べ終え、おしぼりで繰り返し指先を拭《ぬぐ》っていると隣に久我が戻ってきた。瞬間ふっと鼻先をくすぐった匂いに秋人は手の動きを止める。

学生の頃、久我が傍らに来ると乾いた草と太陽の匂いがした。今はそこに、薄くフレグランスの匂いが混じっている。ほんの少し甘い。でもどこか辛い。

即座に記憶が更新される。これが現在の久我の匂いかと思ったら、堪える間もなくくしゃみが漏れた。途端に久我が押し殺した笑いを漏らす。

「アレルギー性のくしゃみも相変わらずか。いい加減原因わかったのか?」

原因物質があるとすればお前だ、とはさすがに言えず秋人は鼻を鳴らす。

小学生の頃から久我が側に来るとなぜかやたらとくしゃみが出た。子供心に何かのアレルギーだと思っていたが、長じるにつれて自分の体が久我の匂いに反応していることに気がついた。過剰反応という点では確かに病気といえるかもしれない。

焼きおにぎりを食べ終えた秋人は手持ち無沙汰《ぶさた》におしぼりを畳み直す。さほど酒に強くないのでコップに残っていたビールに手をつける気にも、大皿の冷めた料理をつまむ気にもならない。隣にいた一之瀬はいつの間にか席を移動していて、同期らしき営業と笑いながら話し込んでいるようだ。

飲み会でぽつんと取り残されるのはいつものことで、秋人はもう一度指先をおしぼりで拭いた。ふと横顔に視線を感じ、そちらを向いたら久我と目が合った。

ジッと瞳を覗き込まれ、またしても心臓が大きくひとつ跳ねた。

十年ぶりに会ったからだろうか。どうしても昔より反応が顕著になってしまう。学生時代、毎日顔を合わせていた頃はさすがにここまで動揺しなかったはずなのに。

じわじわと頬が赤くなってきて目を逸らそうとしたら、それより先に久我が悪戯《いたずら》っぽく目を細めて囁《ささや》いた。

「このまま二人で、抜けちゃう?」

冗談めかした台詞《せりふ》は、当然本気ではないのだろう。

けれど久我は、この場にいることを居心地悪く思っている秋人を正しく見抜いている。その上で、あっさりと秋人の一番欲しい言葉をくれる。昔と同じように。

うっかり本心のまま頷《うなず》いてしまいそうになり、秋人は慌てて首を横に振った。

「馬鹿言うな、今日の主役が抜けてどうする」

言い終わらないうちに秋人は立ち上がり、なるべく淡々とした表情を取り繕った。

「悪いが本当に用事があるんだ。今日は先に失礼する」

「そうか。残念だな」

言葉ほど残念でもなさそうに呟いて、久我はひらりと秋人に手を振った。

「また今度、ゆっくり飲もう」

社交辞令のような久我の台詞にぎこちなく頷いて、秋人は幹事に参加費を手渡すと店を出た。

七月の夜風は生温《なまぬる》く肌にまとわりつく。店の外に出て一歩足を前に踏み出すと、膝《ひざ》にほとんど力が入らなかった。きっと頬の赤味もまったく引いていないだろう。

（……もう、十年も会わなかったのに――……）

子供の頃病気だと信じて疑わなかった症状はまったく沈静化していなかった。むしろ悪化している気がする。

店の前で秋人はしばし立ち尽くす。コップ一杯もビールは飲んでいないのに、酩酊《めいてい》したときのように目の前がぐらぐらと揺れていた。目を閉じれば、瞼《まぶた》の裏の黒いスクリーンに久我と過ごしてきた学生時代の光景がまざまざと映し出される。

教室、校庭、体育館、駅前。スニーカーに半ズボンを穿《は》いた小学校時代の、詰め襟に大きなスポーツバッグを抱えた中学校時代の、ブレザーに緩くネクタイを締めた高校時代の久我の姿が次々と浮かんでは消え、最後に夕暮れの街並みが鮮やかに蘇る。

鞄の底で、自宅の鍵についたキーホルダーが動く気配。

もう久我とは二度と会うこともないと思っていたからこそ後生大事にとっておいたのに。とっておくだけでは済まず肌身離さず身につけていたそれが、急速に鞄の中で存在感を放ち始める。

あまりにもさまざまな思い出が詰まったこのキーホルダーを明日からも職場につけていくべきか否か大いに悩み、秋人は力の抜けた足を引きずって帰路についたのだった。

幼少時代の秋人は、大体が久我の語った通りの子供だった。

サンタクロースの存在や戦隊ヒーローの存在意義に懐疑的で、子供ならなんの疑問も持たないだろうことにもいちいち引っかかってクラスメイトたちと口論を繰り返していた。そういう理屈っぽいところが同年代の子供たちには煙たかったのだろう。休み時間はひとりで過ごすことが多かった。

サッカーボールを抱えて校庭へ飛び出していくクラスメイトたちを横目に、サンタの存在を全力で否定した手前仲間に入れてくれとは言い出しにくく、無言でサッカー教本を読むことしかできなかった秋人に声をかけてくれたのが、久我だった。

久我は子供ながらに目端が利いて、秋人のちょっとした行動からその意思を汲《く》み取り、無邪気に笑って秋人を皆の元へ誘い出してくれた。気がつけば、事あるごとに久我は秋人の手を引いて皆の輪の中に入れてくれるようになっていた。

その頃はまだ、幼い子供の手を引くように自分の手を引っ張って歩く久我の行動に気恥ずかしさとありがたさは感じつつも、それ以上の感情は抱いていなかったように思う。

久我への想《おも》いが微妙に変化したのは、小学五年の冬のことだ。

その日秋人は朝から微熱っぽく、体育の授業を見学するよう親に言いつけられていた。休み時間も外で遊んではいけないと言われていたのだが、いつものように久我が机の前まで自分を呼びに来てくれると断る気になれず、親の言いつけを破って外へ出た。

微熱と、親との約束を反故《ほご》にするという滅多にない事態に動揺していたのだろう。足取りが覚束《おぼつか》ない秋人に真っ先に気づいたのは、やはり久我だった。

「秋人、具合悪いなら教室戻っててもいいぞ？」

心配顔で久我に顔を覗き込まれたものの今更本当のことを言うタイミングも逃し、大丈夫だとサッカーのコートに駆け込んだ。そんな秋人を久我はいつまでも疑わし気な顔で見ていて、一度ついた嘘を補強するため秋人は三時間目の体育もいつも通り出席した。

結果、昼休みになって秋人の体調は急激に悪化した。

久我の目から隠れるよう、クラスの保健委員には黙って保健室に向かった。親の言いつけを破ってしまった後ろめたさから、両親は仕事で学校に来られないと養護教諭に嘘をついてベッドで横にならせてもらった。

途中、養護教諭が保健室を出ていったのを覚えている。途端に室内が水を打ったような静けさに包まれ、一気に部屋の空気が冷え込んだような気分になったことも。

大分熱が上がっているらしく、布団を被《かぶ》っていても寒気がした。断続的に体が震え、気を抜くとガチガチと歯の根が鳴る。クラスメイトたちには黙って保健室に来てしまったので様子を見に来てくれる者もなく、妙な心細さに襲われて秋人が布団を頭の上まで引き上げようとしたとき、ベッドを囲っていたカーテンが小さく揺れた。

秋人、と潜めた声で名を呼ばれ、枕《まくら》の上で首だけ上げるとベッドの側に膝をついた久我がいた。秋人が教室にいないのに気づき、探しに来てくれたらしい。

久我はベッドに横たわる秋人を見ると、少し怒ったように眉根を寄せた。

「やっぱり具合悪かったんだろ。休み時間のとき、なんで言わなかった？」

だって、と秋人は言い淀《よど》む。久我が怒った顔をするなんて珍しく、ひどく咎《とが》められているようで喉の奥に声が絡まった。加えて本当のことを口にするのも気恥ずかしく秋人が黙ってシーツを握り締めると、すぐさま久我が言葉を重ねてきた。

「一回遊ぶの断られたくらいで、次から声かけなくなったりしないぞ」

言葉にできなかった心を読み取られた気分で、軽く息が止まった。

当時から、久我は他人の思いを先回りして読んでしまえる子供だった。いつか久我が自分を外に連れ出してくれなくなる日が来るのではないかと秋人が密《ひそ》かに不安に思っていたことなど、端から久我にはお見通しだったのだろう。

でも、と秋人は逡巡《しゅんじゅん》の末に口を開く。

「僕は……皆と違ってサッカーが下手だから……」

サッカーに限らず秋人は球技が苦手だった。だが休み時間の男子の遊びは大概が球技と決まっている。なんとなく、どちらのチームが秋人を引き取るかで試合前に微妙な駆け引きが生じていることは秋人も薄々感じていた。久我が自分の手を引いて輪の中に入れてくれなければ、きっともうその場にはいられないだろうということも。

長いこと言い出せなかった不安を秋人が吐き出すと、久我は思いがけないことを耳にしたとばかり軽く眉を上げた。

「そこまで下手なわけじゃないだろ」

「でも、ドリブルをするとすぐコートの外にボールが出る……」

「俺だって出すことある」

久我とはその頻度が違う、ともどかしい気持ちで秋人が思っていると、ふいに久我がベッドに両肘《りょうひじ》をついて秋人の顔を覗き込んできた。

「それよりお前、オフサイドの説明できるじゃん」

脈絡もなく言い放たれた言葉に秋人は目を瞬かせる。久我は秋人の瞳を見詰め、唇を綺麗な弓なりにした。

「秋人はどんなルールにも詳しいから、最近ゲーム中の喧嘩《けんか》が減った」

サッカーもバスケもソフトボールも、と指折り数え、久我は目を細める。

「いつも一杯本読んでるもんな?」

「それは——……」

体を動かすのが得意でない自分にできることといったら、それくらいしかないからだ。せめて何か揉《も》めごとが起こったとき、きっぱりと何が正しくて何が間違っているか指摘することくらいしか皆の役に立てることはないと思っていた。

だから一生懸命教本を読んだ。もうお前なんていらない、と皆に切って捨てられないように、必死でルールを覚えた。

でもそんなこと、誰も気づいていないと思っていたのに。

「ドリブルが下手でもいいじゃん。オフサイドの説明できるんだから」

そう繰り返して、久我は目元に子供らしからぬ優しい笑みを浮かべた。

「具合よくなったら、また一緒に遊ぼう」

あのときの気持ちを思い出すと、今でも心臓の裏側から温かな感情が溢れてくる。秋人があの瞬間一番欲しかった言葉を、久我はなんの衒《てら》いもなく投げかけてくれた。

どれだけ理論的にサンタクロースの存在を否定しようと、戦隊ヒーローの怠惰を指摘しようと、やはり根っこはただの小学生。友達に遊びに誘ってもらえなくなるのは何より辛《つら》い。だからといって自分の意見を引っ込めることもできない不器用な秋人にとって、当たり前に自分をクラスメイトの輪の中に導いてくれる久我の存在はとても大きかった。

その久我が、自分が嘘をついたことを知ってもなお、また遊ぼうと言ってくれた。

うん、と頷いたら安堵《あんど》で体中の力が抜けた。久我はそんな秋人を見て体調が急変したとでも思ったのか、慌ててベッドに身を乗り出してきた。

「おい、お前薬飲んだのか？」

「……飲んでない」

保健室ではそう簡単に薬はくれない。せいぜい熱を測ってベッドを貸してくれるくらいだ。病気のときは薬、と思い込んでいるらしい久我は思案気な表情を浮かべ、よし、と小さく頷いた。

「じゃあ、これやる」

そう言って久我はズボンのポケットから小さな箱を取り出すと、そこから白い錠剤のようなものを手の上に落とし、唇の前で人差し指を立てた。

「俺が持ってきたのは秘密だぞ」

頷いて、秋人は言われるままに久我の差し出した錠剤を口に含んだ。次いで舌の上に広がったのは覚えのある甘酸っぱさだ。

すぐにラムネだと気がついた。学校に菓子の持ち込みは禁止されているのに、と久我に咎める視線を送るが、熱のせいか上手く視線が定まらない。結局ぼんやりと久我の顔を見返すことしかできなかった秋人に、久我は大真面目に言って聞かせた。

「大丈夫だ。薬飲んだんだから、すぐによくなる」

薬じゃなくてラムネだろうと指摘するのもためらうくらい、久我は真剣な顔をしていた。

その顔で「大丈夫だ」と再三繰り返されるうちに、不思議と体の震えが治まってくる。

「久我……本当に……」

本当に薬だったのか、と尋ねたつもりだったがしっかりとした言葉にならない。

それに対して久我が返した言葉に、薬でもラムネでもどちらでもいい気分になって秋人は熱っぽい瞼を閉じた。それまでどんなにきつく目を閉じても訪れなかった眠りがあっという間に身の内に忍び込んで意識を薄れさせる。

最後に聞こえた「大丈夫だ」という言葉の圧倒的な安堵感に、張り詰めていたものがフッと緩んだ。

何度思い返しても、あれがきっかけだったのだと思う。

それ以降、久我の隣に立つと妙に心拍数が上がるようになった。久我に向けた側の頬だけがうっすらと赤くなり、どれだけ騒がしい教室内でも久我の声だけが鮮明に耳に飛び込んできた。

今ならばわかる。あれはきっと、初恋の諸症状というやつだったのだ。

だが真面目な性格の秋人は、まさか男同士で恋愛感情が芽生えるとは夢にも思わず、ただ己の体調の変化に首を傾《かし》げることしかできなかった。

親にも教師にも上手く症状を説明することができず、ましてそんな曖昧な状態では病院にも行けなかった秋人が最後に頼ったのが、自宅にあった家庭の医学書だ。

久我の側にいると注意力が散漫になったり動機が激しくなったり頬が赤くなったりするのは『風邪《かぜ》の諸症状』、久我と一緒にいると気分が高揚して、離れると落胆するのは『躁鬱《そううつ》』。胸が苦しくなるのは『狭心症』。不自然に頬が緩むのは『筋弛緩《きんしかん》』。

すべての症状の前に「久我の側にいると」という前提条件がつくことには思い至らず、秋人はどこまでも真剣に家庭の医学書を読み込んだ。のみならず、久我にも大真面目で己の症状を解説し、その頃にはすっかり自分のことを虚弱体質だと思い込んでいた。

その後も久我の匂いに過剰反応してくしゃみが止まらなくなったり、肩先が触れ合っただけで腰が砕けてへたり込んでしまったり、症状は悪化する一方だった。

それらの症状が落ち着いたのは中学校を卒業する頃。

ようやく秋人がそれをただの病ではなく、恋の病だと自覚してからのことだった。


昼休み、社員食堂へ向かおうと研究室を出た秋人は廊下で宇多野《うだの》と出くわした。

宇多野は以前秋人が所属していたリード創出研究室の室長だ。もうすぐ六十を迎える定年間近の研究員で、短く切った髪は真っ白で身につけている白衣もよれよれだが、気立てのいい奥方が毎週白衣を洗濯してくれているおかげで清潔感は失われていない。趣味は週末に体を動かすことだと言うだけあって姿勢もしゃんとしているし、優しそうな小さな目には愛嬌のようなものもある。

宇多野は秋人に気づくと廊下の真ん中で立ち止まり、深い皺の刻まれた顔をいっぺんにくしゃくしゃにした。まるで不幸な境遇にいる子どもを見つけた好々爺《こうこうや》のようだ。笑顔と泣き顔がない交ぜになったような顔のまま秋人に近づいてくる。

秋人は白衣のポケットに入れていた両手を出して宇多野に軽く一礼する。宇多野はそんな秋人の腕を軽く叩くと、象のように小さい目を瞬かせた。

「やあ、浅野君。どうだい、新しい研究室は」

「はい。ようやく少し慣れてきたところです」

「そうかい？　今までの研究とは勝手が違って大変だろう……？」

慮《おもんぱか》るような宇多野の口調に、うっかりすると俯《うつむ》いてしまいそうになる。宇多野の前に出ると、つい弱音が漏れてしまいそうになっていけない。

今年の四月まで、秋人は宇多野の下で新薬候補物質となるリード化合物の創出を行っていた。ごく簡単に言えば、数多《あまた》ある化学物質の中から新しい薬の元となる化合物を探す仕事だ。宇多野の研究室にいた頃は日々ルーチン気味に仕事をこなしていると思っていたが、自分でも思っていた以上にその仕事が気に入っていたのだと気づいたのは、唐突な人事異動が決まってからのことだ。

黙り込んだ秋人を見上げ、宇多野はごそごそと自身の白衣のポケットを探った。

「よかったらこれ、食べるかい？」

シワだらけの手で宇多野が取り出したのは数個の飴玉《あめだま》だ。塩飴だの黒飴だの薄荷《はっか》だの、パッケージもばらばらの飴を掌《てのひら》一杯に並べて差し出してくる宇多野に秋人は小さく口元をほころばせる。同じ研究室にいた頃も、宇多野はいつもこうしてメンバーたちを孫のように扱ってくれた。

いただきます、と秋人がオレンジ色の飴をつまみ上げると、残りの飴をポケットにしまいながら宇多野はしおしおと顔を伏せた。

「私の力が及ばないばかりに君には迷惑をかけて……すまないね」

申し訳なさそうな顔をする宇多野に、秋人は黙って首を横に振る。

秋人の異動の理由は表向きこそ安全性研究室の人手不足のためということになっているが、宇多野の研究室メンバーの多くが不当な異動だったのではないかと疑っている。

本当のところはどうなのだろうと手の中の飴を指先で転がすと、背後からカツカツと小気味のいいヒールの音が響いてきた。肩越しに振り返れば、白衣を着た女性が廊下の向こうを通り過ぎるところだ。

ピンヒールを履いて長い髪をきっちりと結い上げたその女性は、研究所所長の氷室《ひむろ》だ。まだ四十代という若さで研究所全体をまとめ上げる彼女はいつも颯爽《さっそう》と廊下を歩く。横顔は厳しく、氷室が微笑《ほほえ》んでいるところを秋人は目にしたことがない。ピンと伸びた氷室の背中を見送る秋人と宇多野は、自然と揃《そろ》って無言になる。沈黙の合間に、恐らく宇多野も自分と同じことを考えているのだろうと秋人は思った。

噂では来年の春、氷室の甥《おい》がこの会社に入社するらしい。そしてその噂には、こんな不穏な憶測が続く。嘘か本当か知らないが、その人物は氷室のコネで入社が決まったそうなのだ。それだけならまだしも、氷室の甥は秋人が在籍していたリード創出研究室を希望したらしく、その分の席を空けるため秋人が研究室を去ることになったというのがもっぱらの噂だ。

上司である宇多野がそのことを言明したことはない。だが、何か自分の手には負えない大きな力がかかって秋人を異動させざるを得なかったことは言葉の端々から窺える。

氷室の足音が完全に聞こえなくなると、宇多野は詰めていた息をそろそろと吐いた。

「……本当に、すまないね。一刻も早く君が研究室に戻れるよう、私も努力するから」

宇多野が深々と頭を下げ、大丈夫です、と秋人は微かに笑って手にしていた飴を口に放り込む。オレンジ色の包みに入っていたからオレンジ味だと思った飴はレモン味だったらしく、予期せず口の中に広がった酸っぱさに顔を顰《しか》めてしまいそうになって、秋人は慌てて宇多野から顔を背けた。

宇多野と別れ、口の中でからころと飴を鳴らしながら食堂へやってくると、秋人はサバの味噌《みそ》煮《に》定食を手に取って入口から一番離れた窓際の席に腰を下ろした。本社ビルと研究所の

間にある中庭がよく見えるテーブルは秋人の気に入りの席だ。

誰と話をするでもなければ、本を読んだり携帯電話を見たりするでもなく秋人が黙々と定食を食べていると、向かいの席に誰かが腰を下ろした。

「浅野さん、また白衣着たままですよ」

テーブルの上に豚の生姜《しょうが》焼き定食の載ったトレイが置かれ、見上げた先に苦笑を浮かべた一之瀬がいた。

言われてようやく自分が白衣を羽織ったままだったことに気づいた秋人は、ああ、と短く呟いたものの箸は止めない。毎度食堂に行く前は白衣を脱いでいこうと思うのだが、忘れてしまうのもいつものことだ。今更脱ぐのも遅いと思い、そのまま食事を続行する。

柔らかく炊いたサバの身を箸でほぐしていると、こちらの様子を窺っているような一之瀬の視線に気づいた。なんだ、と水を向けると、一之瀬はどこかホッとした顔で椅子《いす》の背に凭《もた》れかかる。

「いえ、先週の久我さんの歓迎会のとき、ちょっと浅野さんの様子がおかしかったからどこか具合でも悪いのかと思って。でも、もういつもの浅野さんですね」

よかった、と笑って一之瀬も箸を手に取る。秋人はサバに箸を伸ばした格好で、わずかに視線を泳がせた。

秋人は普段、滅多に表情が動かない。声の調子も平淡《へいたん》で、下手をすると受け答えが冷淡になりすぎるきらいすらある。そんな秋人が赤面したりコップの中身をこぼすほど動揺したりすれば、一之瀬でなくともどこか具合が悪いのではないかと疑いたくなることだろう。

（……さすがに社会人にもなってこれはまずいな）

密かに胸中で己を戒める。

子供の頃の恋心は、そこに肉体的な欲望が絡まないためか驚くほど純粋で激しかった。余分なものが削《そ》ぎ落とされて、ただ相手を好きだと思う気持ちだけが純粋結晶してしまったかのようで。

小学生の頃、駄菓子店の前に久我の自転車が停《と》まっているのを見つけたことがある。本人は店に入っていてその姿を見たわけではないのに、自転車に書かれた久我の名前を目にしただけでザァッと全身から血の気が引いた。むしろ頭に血が上ったのかもしれない。そのまま後ろによろめいてガードレールにしたたか腰を打ちつけたことを思い出す。

あれはあの年代だったから起こった事象なのだと秋人は思う。三十を目前に控えたこの年にもなれば、誰かの名前を目に留めただけで息が止まるほど心臓が騒ぐなんてことはきっともうないだろう。

だが自分はどこかで当時の感情を引きずって、未だに久我を前にすると子供のように顕著な反応を示してしまう。十年前に無理やり久我との関係を絶ってしまったのが逆効果だったのかもしれない。連絡をとらないでいたこの十年間、久我に対する想いは真空パックで密封されていたかのようにまったく風化していなかった。

今も久我のことを考えると肋骨《ろっこつ》の下で心臓が一回り大きく膨らむ気がして、一気に食欲が減退する。この年で好きな相手のことを考えて食事も喉を通らなくなるなんてどうかしていると、秋人はわざと大きめに切り分けたサバの味噌煮を口に放り込んだ。

「そういえば、浅野さんが研究してた例の化合物ですけど」

機械的に口の中のものを咀嚼《そしゃく》していた秋人の動きが止まった。一之瀬は味噌汁をすする合間に世間話でもするような気楽さで、秋人が長らく自分からは尋ねられなかった話題を振ってくる。

「あれ、今は宇多野さんが中心になって研究進めてるんですけど、無事非臨床実験通りましたよ」

口の中に広がっていた味噌煮の甘さが一瞬で引いた。自分が何を口に含んでいるのかわからなくなって、秋人は無理やり喉を上下させる。

非臨床実験が終わったということは、いよいよ人間相手にあの化合物が試されるということだ。入社から四年目にして初めて自分が見つけた、薬になり得るかもしれないあれが。

嬉しい、と思うよりも、どうしてその場に自分が立ち会えなかったのだろうというもどかしさが胸を過《よぎ》った。試験管の中であの物質を見出したのは他ならぬ自分なのに。

「開発技術部にデータも回ったし、来年には早々に治験にこぎつけるかもしれませんよ？」

「まさか、そんなに早く進むわけがないだろう」

期せずして、一之瀬の言葉を遮る声が低くなってしまった。

非臨床実験が終わっても、その先の臨床実験で五年以上の歳月がかかることなどざらにある。そう簡単に話が進むはずもないと、単なる一般論を口にしたつもりが妙に感情的になってしまい、慌てて口を噤《つぐ》む。

一之瀬もここからの道のりが遠く険しいことはわかっているらしく、はしゃぎすぎたとばかり肩を竦めた。どうやら秋人の声に険が立っていたのには気づかなかったらしい。

「でもうちの会社、今年の年末も新薬リリースする予定じゃないですか。うちから新薬が出るのってもう十年以上ぶりのことなんでしょう?」

明るい口調で尋ねてくる一之瀬に、秋人も目を伏せて頷く。

新薬の開発にはとかく時間がかかる。秋人が行っていた新薬の候補物質を見つける基礎研究で三年、臨床実験で五年、承認を得るまでに三年、などというのはほとんど最短コースで、実際にはなかなか商品化までこぎつけない。それどころかほとんどが途中で頓挫《とんざ》する。

「これで浅野さんが見つけた化合物まで立て続けに商品化されたら、これって会社創立以来の快挙ですよね! 浅野さん、凄いじゃないですか」

笑いながら手放しに秋人を褒める一之瀬は、きっと近い将来秋人が研究室に戻ってくると信じて疑っていないのだろう。わかってはいるが、秋人は一之瀬のように素直に喜ぶことができない。ついつい一之瀬の言葉を否定してしまう。

「……私は適性のありそうな化合物を見つけただけだ。凄くもない。凄いのは、後を引き継いで最適化をしてくれた宇多野さんたちだろう」

「でも、いい顔してるリード化合物を見つける浅野さんの嗅覚《きゅうかく》はやっぱり凄いです。知ってます？　新薬開発に貢献した研究員には会社から金一封が出るらしいですよ。もしかしたら、浅野さんももらえるんじゃないですか？」

「それはないだろう。あの研究はもう私の手から離れているし、そもそも私はもう創薬チームのメンバーじゃない。あの研究に私の名前は残らない」

基礎研究中は新しい化合物を発見しても論文を書いたりどこかに発表したりすることはできない。たとえそれが新薬の商品化につながらなかったとしても、論文を手掛かりにその会社でどんな傾向の研究をしているのか他社にばれてしまう可能性があるからだ。

だからもしもあの化合物が商品化されても、それを発見した秋人の名はどこにも残らない。そんなことを思ったためか秋人の口調は思いがけず捨《す》て鉢《ばち》になってしまい、さすがの一之瀬も黙り込む。

こんなふうに年下の一之瀬にいたたまれない顔をさせたいわけはなく、だからといって気の利いた言葉をかけてやることもできなくて、秋人は肩を竦めると空になった定食のトレイを持って席を立った。

「あ……あの、でも浅野さん、いつかはうちの研究室に戻ってくるんですよね？　宇多野さんだってきっとそのつもりで……」

慌てて呼び止めてくる一之瀬に、秋人は曖昧な表情で首を傾げることしかできない。

確かに宇多野は秋人と顔を合わせるたびに申し訳なさそうに頭を下げてくれる。秋人が研究室に戻れるよう陰で奔走してくれているのかもしれない。けれど優しい分押しの弱い宇多野が、義理人情など母親の腹の中に置き忘れたかのごとく冷徹な人事を下す氷室とどこまで渡り合えるのかは甚だ疑問だった。

一之瀬に軽く手を振って食堂を出た秋人は、白衣のポケットに両手を突っ込んで本社ビルと研究所に挟まれた中庭をゆっくりと歩く。真上から降り注ぐ初夏の強い日差しに目を細め、誰が悪いわけでもないのだ、と胸の中で呟いた。

確かに研究室を移るのは突然のことだったし、それまで自分が手掛けていた研究から離れるのは辛かった。けれど数名いるメンバーの中であえて自分が研究室を出ることになったのは、きっと自分がそれほど優秀でもなければ、誰かに引き止められるだけの人間的魅力もなかったということだ。

宇多野だって好きで秋人を研究室から追い出したわけではない。氷室が身内をコネ就職させたというのもあくまで噂だ。確証がない限り誰を責めることもできない。

のろのろとした足取りで研究室に戻った秋人は長いリノリウムの廊下を歩き、春から新しく配属された研究室の扉の前に立った。

非臨床実験に関わるようになって早三ヶ月。だが、未だにノブに手をかけるときは体が竦む。動物が入ったゲージがずらりと並んだ部屋を目の当たりにするたび、後ずさりしてしまいそうになる。

新薬を開発する際、動物実験は必用不可欠だ。安全性の定かでない薬をいきなり人間に投薬するわけにはいかないのだから、それ自体を否定するつもりはない。

それでも、ゲージの前に立つと動物たちの黒目がちな目が非難を込めてこちらを見上げる気がする。小さな鳴き声が悲鳴のように耳を打つ。

(——……早く慣れろ)

自分で自分に言い聞かせてみても、なかなか感情をコントロールすることが難しい。

大学時代は有機合成の研究が専門で、薬理とは縁遠い勉強ばかりしてきたため生き物を扱う実験にはまだ慣れそうもない。就職した後も試験管の中で起こる反応を観察するのが主な仕事で、非臨床実験に関してはその結果が書類となって手元に回ってくるだけだった。

己を奮い立たせ室内に足を踏み入れると、早々にゲージの隅で冷たく固まっているラットが目に入った。

文章と数値ばかりが並ぶ書類上の結果を目にするのと、こうして生き物の生き死にを目の当たりにするのとでは受け取る印象がまるで違う。ラットの死亡数なんて、紙の上では日常的に見てきたというのに。

(今までだって自分の目に届かない場所で行われていただけで、こういうことが起こっていたのは知っていたはずだ。それなのに自分がその仕事に就いた途端可哀相《かわいそう》だなんて言い出すのは、ただのきれいごとだ)

自分自身に言い聞かせる言葉はきちんと理にかなっているはずなのに、感情がそこに追いつかない。薬を作る仕事に就いたはずの自分がどうして動物たちに毒を与えるようなことをしなければいけないのだと思ってしまう。

(――……必要な仕事だ)

胸の中で繰り返しながら、秋人は白衣のポケットに突っ込んだ両手を強く握り締める。

ゲージの中で冷たくなったラットには、なかなか手を伸ばすことができなかった。

仕事終わり、秋人はひとり研究室内の休憩所にいた。帰り支度を整える前に休憩所に立ち寄るのは最近の秋人の日課だ。

狭いスペースに並んだ自動販売機で温かな紅茶を買って、傍らに置かれた年季の入ったソファーに腰を下ろす。廊下の奥まった場所にある休憩所には二人掛けのソファーが向かい合わせに置かれ、その間には背の低いガラスのテーブルがある。

夏とはいえ所内は冷房が効いているので指先がひどく冷たい。仕事の後はいつもこうだ。

冷房のせいばかりでないことは百も承知で、指先に熱を伝えるようゆっくりと手の中で缶を転がす。

なるべく何も考えないよう、ソファーの背凭れに後ろ頭を預けて目を閉じた。気を抜くと瞼の裏に蘇りそうになる光景をなんとかやり過ごしていると、遠くからカツカツと固い靴音が近づいてきた。

一瞬氷室のヒールの音かと思ったが、それにしてはどっしりと重たい音をしている。研究室に詰めている職員はサンダルを履く者が多いから、革靴が床を叩く音は珍しい。そんなことを考えている間も靴音は近づいて、秋人の座るソファーの側でゆっくりと止まった。

目を開ける直前、秋人の鼻先を覚えのある匂いがくすぐった。

日差しに暖められた草の匂い。その上に微かに漂う甘い香りは果実か、花か。その匂いを感じた途端、目を開けるより先に盛大なくしゃみが飛び出した。

「いつもながら豪快なくしゃみするよな、お前」

感心したような声が斜め後ろから響いてきて秋人は目を開ける。本人の姿を確認する前にくしゃみが出るこの感覚も久々だ。奇妙な懐かしさにとらわれ背後を振り返ると、思った通り久我の姿があった。

惚《ほ》れ惚《ぼ》れするほどバランスのとれた長身にごくシンプルな黒のスーツを着た久我は、立っているだけで十分に人目を惹く。スタイルの良し悪しというととかく女性側ばかり取りざたされがちだが、やはり男性も肩の広さや脚の長さなど、見栄えのするバランスがあるのだと久我を見ていると嫌でも痛感させられた。

くそ、と秋人は何に対するのかよくわからない悪態を口の中でつき久我から顔を背けた。十年見ない間に、久我はすっかり大人の男になった。しかも飛びきりいい男に。

カツカツと固い靴音を響かせて秋人の前に回った久我が向かいのソファーに腰を下ろす。久我の動きに合わせて例の甘い香りが漂い、秋人はくしゃみが出ないよう鼻先を擦《こす》りながらぶっきらぼうに尋ねた。

「……こんなところになんの用だ？」

「ん？　ちょっと研究所の見学。入ったことなかったからさ」

そんな理由で？　と思ったが、実際久我は仕事鞄も何も持っていない。本当に休憩がてら、ぶらりと隣のビルからやってきたという風情だ。

基本的にMRの仕事は自由裁量だ。それぞれにノルマはあるが、どのようにこなすかは各人の自由となっている。とはいえ、歓迎会の様子を見るに各部署から期待の目を向けられているらしい久我がこんなところで油を売っていて大丈夫なのか他人事《ひとごと》ながら心配になる。

多少の懸念を抱きつつ、秋人は右手から左手へと忙《せわ》しなく紅茶の缶を行き来させた。すぐ手の届く距離から久我がこちらを見ていると思うと、どうしようもなく頬が赤くなる。先ほどまで冷房の効いた所内は寒いくらいだと思っていたのに額に妙な汗まで浮いてきた。

（……子供の頃はこういうのを、意味もわからず更年期障害だと言い張っていたな）

大人が聞いたら腹を抱えて笑われただろうが、子供の自分は真剣だった。当時の久我もその病名になんの疑問も抱いていなかったことを願いつつ、秋人は小さな咳払《せきばら》いをした。

「MRが研究所に見学に来て、何か得になることでもあるのか」

「そうだな、薬についての勉強とかできるかと思って」

「そういうことは学術部の仕事だろうが。ここでは何も教えられないぞ」

昨今どの製薬会社でもMRの教育には金と手間を惜しまない傾向がある。秋人の勤める会社でも、医療品のメカニズム、服用方法、副作用などを教えるため、学術部や研修部、マーケティング部が頻繁に勉強会やセミナーを企画しては自社のMRを手厚くバックアップしてくれているはずだ。

自身の研究については熟知していても、それを人に伝える技術はない研究員がMRに教えられることなどたかが知れている。そうなると一層久我が何をしに来たのかわからず秋人が困惑の表情を浮かべると、久我は苦笑と共に膝の上で緩く手を組んだ。

「まぁ、薬に関する知識は学術部が面倒見てくれるんだけどね。もうちょっと生の声が聞きたかったんだ。お前みたいな研究者が熱心に新薬作ってる姿を目の当たりにした方がこっちも医者にアピールのしがいがある」

秋人はフン、と鼻を鳴らして無遠慮に久我から顔を背ける。

本当なら、そういうことならなんでも聞いてくれ、できるだけ力になると言いたいところだが、これ以上正面から久我の顔を見ていると心臓の暴走が声帯に伝わり、声まで震えてしまいそうだった。久我を見る目に熱っぽいものが混ざってしまいそうなのも怖い。

（落ち着け、少しは慣れろ私！　十年ぶりだからといって緊張しすぎだろう！）

久我に横顔を向けたまま無心で呼吸を整える。高校に入学したときはすでに己の恋心を自覚していたが、当時はもう少しましな振る舞いができたはずだ。要は慣れの問題だと自分に言い聞かせ、秋人は平常心をかき集め無言で壁の一点を睨んだ。

「なんだよ、今日は一段とつれないな。もしかして忙しかったか？」

精神を統一していたつもりが、傍目《はため》には完全な拒絶の表情に見えたらしい。

久我が弱り気味の声を上げて、自己との対話に没頭していた秋人は慌てて久我に視線を戻した。そこには思いがけず深刻な顔でガラスのテーブルを見詰める久我の姿があり、さすがに態度が悪すぎたかと慌ただしく体ごと久我に向ける。

「く、久我、何かその、私にもできることがあれば言ってくれ。大したことはできないが、昔のよしみで、なんとかしよう」

よければ研究所の案内くらいは引き受けると言おうとした矢先、膝に腕をついて上半身を前に倒していた久我が、前髪の下からちらりと秋人を見上げてきた。

「……本当か？」

いつになく低い久我の声に気圧され、秋人はうっかり首を縦に振る。できる限りだが、と口の中でぼそぼそとつけ足す秋人を見上げ、久我はゆっくりとした瞬きをした。

「実は、お前に折り入って相談があるんだけど」

深刻さを増した久我に軽く手招きされ、秋人もテーブルの上に身を乗り出す。

互いの顔が近づいて、胸の内側で心臓がひしゃげたようになった。鼻先をくすぐる香水混じりの久我の匂いに、くしゃみどころか眩暈《めまい》を起こしそうになる。

放課後の教室でひとつの机に向かい合い、久我の補習を見てやったときもこんな感じだった、と一瞬意識を遠くに飛ばしかけた秋人に、久我は囁くような声で告げた。

「実は俺、幻聴が聞こえるんだ」

柔らかな吐息の混ざる声に微かに背中を震わせた秋人は、一転して怪訝《けげん》な表情になる。想定していなかった告白に、甘い気持ちもどこぞへ吹っ飛んだ。

久我は秋人から身を離してソファーに背中を預けると、とりあえず聞いてくれ、と少し困った顔で笑った。

久我の話によれば、幻聴が聞こえ始めたのは大学に入学して間もない頃のことだという。

最初は他愛もない、空耳のようなものだった。誰かと会話をしていると、ふいに相手が口にしていない言葉が耳に飛び込んでくる。しかもそれは妙に会話の内容に即していて、時として相手が驚いた顔で「言ってないのにどうしてわかったの?」と不思議そうな顔をすることもあった。その程度なら自分が先走って相手の気持ちを先読みしたのだろうと思って終わりだったのだが、時間が経つにつれ幻聴の内容が変化してきた。会話の内容も相手の心情もまるで反映しない幻聴が紛れ込んでくるようになったのだ。それも多くが、自分の発言に対して否定的なものばかりだった。

すぐ病院に向かったものの医者からはストレスだと言われ、通院も続けたが未だに完治する気配がない。

一通りの説明を終えると、久我は首を傾けて耳の穴に小指の先を突っ込んだ。

「結構症状には波があって、就職した当時は少しよくなったんだけど最近また悪化してきてさ。それで会社移ったんだよ。前の会社外資だったからノルマ厳しくて、あの環境じゃ症状が悪化する一方かなって」

そこまで言ってぴたりと口を閉ざすと、久我はもう一度テーブルの上に身を乗り出した。

「実はこれ、まだ直属の上司にも言ってない。だから他には秘密にしてくれ」

幻聴なんて深刻な話をしたと思ったら、今度は急に悪戯っぽく目を細めて笑う。

久我の相談にどう応えるべきか悩んでいた秋人はそれで少しだけ肩の力が抜け、とりあえず思いついた疑問を口にした。

「幻聴といっても……具体的にはどうなんだ。今も何か聞こえるのか？　私の声で？」

「うん、ちゃんと向かい合ってる相手の声で聞こえるから、幻聴なのか本当に言われたのか一瞬本気で判断がつかない。飲み会の席でお前と一緒になったときも、大分突拍子もないのが聞こえた」

一体何が聞こえたんだと若干不安に思いつつ、今は？　と重ねて尋ねると、久我は表情を改めてジッと秋人の顔を見た。

茶色がかった目に真っ直《ます》ぐ見詰められ、秋人はごくりと喉を鳴らす。さすがにこのタイミングで目を逸らすのは憚《はばか》られるが、こうしていると聡《さと》い久我に自分の恋心を見透かされてしまいそうで何やら怖い。

秋人が緊張した面持ちで手の中の缶を握り締めると、ようやく久我の目元が緩んだ。

「聞こえたけど、ヒミツ」

「な、な、なんだそれは」

よほど脈絡もない言葉が聞こえたのだろうか。隠されると逆に気になる。

だが当の久我は通り過ぎていく会話にこだわる素振りも見せず、頭の後ろで両手を組んでさらりと話題を変えてしまう。

「長いこと医者にかかってるのになかなか改善されないし、ここはひとつアプローチを変えてみようかと思ってたんだ。そこにお前がいたもんだから、ちょっと話を聞いてもらおうかと思って。こういうの、研究者としてどう思う？　精神科以外に頼る場所ってないのかな？」

「研究者といわれても、私が研究しているのは有機物の化合だ。薬理の知識も深くないし、人間の精神構造にはもっと詳しくない。そもそも――……」

自然と口が重くなる。声は溜息に溶けてしまい、秋人は軽く目を伏せた。

そもそも自分は、もう創薬のチームから外れてしまっている。毎日毎日動物たちに薬を与え、遺体の処理をし、機械的にデータをまとめるだけの自分が研究者といえるのかどうか。そんな思いが胸に重たくのしかかる。

さりとてこんな話を突然するのもためらわれ、俯き気味に秋人が唇を噛《か》んだときだった。

「何言ってんだよ。非臨床実験だってれっきとした研究者の仕事だろう?」

力強い言葉に驚いて、秋人の顎が跳ね上がる。

心の中でだけ呟いたつもりがうっかり口に出ていたのかと一瞬うろたえたが、どう考えても口を動かした記憶はない。

久我は秋人の弱気な心を吹き飛ばすかのごとく強い視線で秋人を見詰めていたが、眼鏡の奥で目を丸くする秋人に気づいてはたと表情を変えた。

「……あれ、今お前、何か言ったよな?」

「い……言ってない、何も」

お互い狐《きつね》につままれたような顔でしばし顔を見合わせた後、ああ、と久我はくたびれた溜息をついてソファーに深く凭れかかった。

「ごめん、今の幻聴。今みたいな感じで、相手が何も言ってないのにひとりで会話してることがある」

「げ、幻聴なのか？　本当に……？」

ほとんど自分の心の声と対話された気分でうろたえる秋人を見遣《みや》り、久我はきまり悪そうに指先で頰を掻《か》いた。

「全部俺が頭の中で作ってる声だと思う。だから相手が思ってるのとはまるで見当違いな声が聞こえることもあるし、逆にどんぴしゃな声が聞こえることもある」

「でも、だからって……わ、私が非臨床実験をしていることはどうして知っていたんだ？」

「ああ、それなら歓迎会のとき。お前が帰った後一之瀬に聞いた」

さすがにその程度の事前情報はあったらしい。ということは、久我は一之瀬から理不尽な異動の件も聞き及んでいるかもしれず、その情報をもとに秋人の顔色を読んだという可能性もある。しかしそれにしてもあまりにタイミングも内容も的を射すぎていてどうしても動揺を抑えきれない。本当に幻聴なのかと疑いたくなってしまう。

（いや、幻聴でないならなんだというんだ。まさか他人の心の声を読んだとでも……）

まさか、と笑い飛ばそうとして、向かいに座る久我と視線が交わった。

いつものように久我が真っ直ぐ秋人の目を覗き込んでくる。その何もかも見透かすような目に秋人は本気で恐怖を覚える。偶然とはいえ、心の中で発した言葉に久我が的確な返事を

してきた直後だけに、普段なら馬鹿らしいと一蹴《いっしゅう》できる妄想が見る間に現実味を帯び、背筋が震え上がった。

「わ、わかった、私で力になれるかどうかはわからないが、一応調べてみよう」

言うが早いか秋人はソファーから立ち上がる。あり得ないとは思いつつ、今は久我の目に晒されているのが妙に落ち着かなかった。

本当か？　と自分も立ち上がろうとする久我を身振りで制し、秋人はじりじりと久我から距離をとる。

「本当だ。だからお前はもう仕事に戻れ。前の会社でどれだけ実績があったか知らないが、この会社ではまだ新人だろう。サボりなんてもってのほかだ」

「サボりじゃなくて見学だって」

「同じようなものだ」

一刀両断に秋人が切り捨てると、相変わらず真面目だな、と久我は微苦笑を漏らした。

「でも、ありがと。お前がそう言ってくれると心強い」

どこまで本気か知らないが、久我にそう言われれば嬉しくないわけがない。火がついたように耳が赤くなったのを自覚して、秋人はものも言わずに踵を返す。

その場を立ち去る直前、久我が秋人の耳元を見てちらりと笑った気がして、秋人は足早に研究室へ向かいながら片手で強く自分の耳を押さえつけた。

最近社員食堂の定食を欠かさず食べている、と思い、そういえば以前はコンビニで買った弁当を研究室で食べることも少なくなかった、と考え、以前というのがリード創出研究室にいた頃のことだと悟って秋人は重い溜息をついた。

場所は社員食堂のいつもの席。入口から遠い窓際の席で、秋人は目の前に置かれた冷めたうどんを見下ろす。

いつもは定食を頼む秋人だが、今日はどうにも食欲が湧かずうどんを頼んだ。だがそれすらも容易に喉を滑り落ちてくれない。どことなく微熱っぽく体がだるいのは睡眠不足のせいだろうか。最近実験動物たちの夢をよく見るせいか眠りが浅い。

最早《もはや》箸をつける気もないのに秋人がうどんの前から動けずにいるのは、まだ研究室に戻りたくないからだろうか。自分でも自分の気持ちを量りかね、それでも往生際悪く汁に浮いたねぎを箸の先でつまんでいると、テーブルの上に誰かの影が落ちた。

顔を上げると、視線の先に総務部の村上がいた。村上は食器の載ったトレイではなく小さな紙袋を片手に持って、満面の笑みで秋人の向かいに腰を下ろす。

「お疲れ様です、浅野さん。この前はお弁当ありがとうございました」

「ああ……少しは役に立っただろうか」

もちろん！　と頷く村上は幸せそうで、どうやら初デートは上手くいったようだ。

「浅野さんのお弁当には毎回お世話になってます。だからこれ、お礼です」

そう言って浅野は手にしていた紙袋をテーブルの上に置く。中には黒地に銀の花模様が飛ぶ包装紙でラッピングされた小箱が入っていた。幾何学模様のような花の連なりと光沢のある黒いリボンは随分と高級そうだ。

「チョコレートのフィナンシェです。そこのお店、私の一番好きなチョコの専門店なんです。本当は生チョコが一番美味《おい》しいんですけど、この陽気じゃ溶けちゃうから」

「……ありがたいが、そう気を遣わなくても」

「だってまたお願いするかもしれないじゃないですか！」

次回のためだとばかり押しの強い笑顔で紙袋を差し出されれば無下に断ることもできない。秋人が礼を言って袋を手元に引き寄せると、村上は晴れ晴れと両手を天井に突き上げた。

「よかったー、最近お昼休みに何かと予定が入っちゃって食堂まで来られなかったから、浅野さんに渡す前に賞味期限切れちゃうかと思った」

だったら研究室に来ればよかったのではないかと言いかけて秋人は口を噤む。

そういえば、以前村上と会うのは食堂よりも研究室の方が多かった。コピー用紙が切れただのガムテープが足りないだのと何かにつけて宇多野に呼び出されていた村上は、そのたびに宇多野から飴玉をもらって子供のように喜んでいたものだ。

それが最近めっきり研究所内で村上と顔を合わせなくなったのは、自分が非臨床実験に移ったから、と考えるのは、さすがに僻《ひが》みがすぎるだろうか。

無自覚に器に残った麺《めん》の上下をひっくり返すように箸を動かしていると、自分はもう食事を終えているのか、村上がわくわくとした顔でテーブルに身を乗り出してきた。

「ところで、浅野さんて久我さんと同級生だったんですよね？　久我さんて昔からあんな感じだったんですか？」

「……あんなって？」

前触れもなく飛び出した久我の名前に驚いて一瞬返答が遅れた。それでも久我の前にいるときほど大きく表情が変わることはなかったようで、村上は秋人の動揺に気づかず言葉を探している。

「なんていうか、遊び慣れてるって感じですかね。浅野さんとは大分タイプが違うけど、学生時代は仲がよかったって歓迎会で久我さんが言ってたから、ちょっと意外で」

箸を器に突っ込んだまま、秋人は頭の中で束の間《つかのま》村上の言葉を反芻《はんすう》する。

自分と仲がよかったなんて久我に言われていたのかと思ったら単純なくらい気分が高揚した。勢い、食欲もないのに冷めたうどんを豪快に啜《すす》ってしまう。そのまま一気に完食しようかというところで、ふと秋人は箸を止めた。

「久我が遊び慣れているというのは、見た目からそう思ったのか？」

それともまさか、歓迎会の席で久我に電話番号でも聞かれたのだろうか。それどころか頻繁に久我と連絡をとっているのではないかと息を詰めて返答を待っていると、村上は何やら含みを持たせた表情で小首を傾けた。

「そういうわけじゃないんですけど……久我さんよく、総務部に来るんですよ」

「総務部に？　なんの用で」

「それが、ボールペンが欲しいって」

箸の先で摑んでいたうどんがずるりと滑って器に戻っていく。乏しい表情でも、なんでそんな物、と秋人が思ったのは伝わったらしい。村上も「変ですよね」と苦笑いを浮かべる。

「しかもかなり頻繁に来るんです。多いときは週に一回とか。ボールペンとかすぐになくしちゃうだけなのかもしれないんですけど、でも、もしかするとサボりの口実なのかなぁ、とか……」

村上によれば、久我はボールペンを受け取りがてら必ず総務部の女性社員たちと他愛のない話をしていくらしい。久我は男前のくせに気さくで話術も巧みだから、毎回かなり話が盛り上がるのだそうだ。

「私も復縁迫ってくる元彼の話とかしたら、しつこい男の撃退方法教えてくれたんですよ！すっごくためになりました！」

そんな話を笑顔で語る村上を見る限り、総務部でも久我のことは快く迎え入れているようだ。それどころか久我の来訪を待ち望んでいる者も少なくないかもしれない。

久我の名が様々な部署を超えて社内に広まるのも時間の問題だと思ったら、冷めたうどんを啜る気力が一気に削げた。ゆっくりと箸を置き、秋人は村上に菓子の礼を言って席を立つ。

じくじくと痛む胸を持て余し、秋人は菓子の入った紙袋を揺らしながら研究室へ戻った。

思い返せば学生の頃も、すれ違う女子生徒が久我の噂話をしているのを耳にするたびこんな気分になったものだ。

四六時中こんなふうに胸を痛めていたら、いつか思い余って久我に自身の恋心を打ち明けてしまうのではないか。そんな不安に苛《さいな》まれて大学進学後はきっぱり久我と縁を切ったのに、まさかこうして職場で再会してしまうとは思わなかった。

もう二度と会えないと思っていた久我に会えたのは、正直嬉しい。反面、側にいるときに感じる息苦しさも再び味わわなければならない。

そしてこんな心境のときに限ってなぜか研究所の入口に久我の姿があって、秋人の心は一層乱れる。秋人に気づいた途端相好を崩して手を振ってきた久我に仏頂面を返してしまったのは、自分の心をなんとか隠そうという過剰防衛のようなものだ。許されるなら、自分だって満面の笑みを浮かべて久我に駆け寄りたい。

「なんの用だ」

不機嫌な声音とは裏腹に相手を待たせぬよう大股で久我に歩み寄り尋ねると、久我はおどけた仕種《しぐさ》で胸の前で両手を合わせた。

「実はお前にお願いがあってさ」

「……この前の幻聴の話なら、まださほど調べは進んでいないぞ」

「いや、そっちじゃなくて弁当のお願いなんだけど」

思いがけぬ申し出に眉根を寄せた秋人に、久我は笑みを深くする。

「お前、いろんな部署の奴らに弁当作ってやってるんだって？　お前の弁当食べると運が上がるとかツキが回ってくるとか、結構ご利益あるらしいな？」

「……単なる噂だ。特別なものは作ってないぞ」

「そうだとしても、お前の弁当食べるとなんか調子が上がる気がするのはわかる。学生の頃、試合の前にお前の作ったカツサンド食べると妙に自信がついた」

すぐ側にある久我の顔を直視できず、秋人は視線を足元に落とす。建物の外にいるおかげで夏の日差しが頬に当たって熱い。だからといってロビーに入るタイミングも逃し、二人してなぜか建物の入口に立ったまま昔の話が始まってしまう。

「特別なものじゃないとか言いながら、お前あれこれ考えてあのカツサンド作ってたよな。運動する前だからあんまり消化に時間がかからないように、肉は衣つけた後揚げずにオーブンで焼いてただろ。食べてすぐエネルギーに変換されるようにってパンは厚切りだった。玉ねぎの薄切りが入ってたのは、あの匂いにリラックス効果があるからだっけ？」

すらすらと並べ立てられる言葉に、つい秋人は俯けていた顔を上げてしまう。

医学の知識も栄養学の知識も半端なくせに、当時の自分は様々な媒体から雑多な情報をかき集め、少しでも皆のためになるようにとカツサンドを作っていた。その効能を久我に語って聞かせた記憶もある。久我もカツサンドを頬張りながら律儀に他のメンバーにその内容を伝えていたが、誰もが空腹を満たすことに夢中で、試合が始まれば自分の腹に何が入ったのかすら忘れてしまいそうな顔をしていたものだが。

遠い昔に紡がれた自分の言葉を、未だに久我が覚えていたことが意外だった。

目を上げると、久我が穏やかに笑ってこちらを見ていた。言葉で強要することはせず、秋人が自ら視線を向けるのを待っていたかのように。

「俺にもまた弁当作ってよ」

秋人が断ることなんて端から想像もしていないだろうその顔を見上げ、そうだった、と秋人は思う。所詮《しょせん》自分は久我の言葉に逆らえない。その笑顔が見たいばかりに、どんな要求にも応《こた》えようとしてしまう。昔からずっとそうだ。今だって変わらない。

秋人はわずかに目を眇《すが》めると、無言のまま首を縦に振った。

途端に体がぐらりと傾く。頭がやけに重くてそのまま地面に倒れ込みそうになり、慌てて足を踏みしめたところで唐突に久我に肩を摑まれた。

突然の身体接触に驚いて、もう一息で秋人は短い悲鳴を上げるところだった。それを飲み込むのに必死で棒立ちになる秋人の前髪を久我がかき上げ、半ば無理やり上向かせる。

「な、な、な、なんだ急に！」

「なんだってお前、顔真っ赤だぞ」

「そ、それは…っ…」

「いつもの赤面症か？」

「それだ！」

叫んだところで久我の掌が額に押しつけられた。大きくて硬い手の感触に全身が硬直する。離せと暴れるより先に、今度は久我が鋭い声を上げた。

「嘘つけ、お前熱があるじゃないか！」

とっさにいつものことだと言い返しそうになったが、それにしては頭がふらふらと前後に揺れてしまう。頬が熱いのは久我が側にいるせいばかりではなく、朝から続く微熱のせいなのかもしれないと事ここに来てようやく思い至った。

「……大したことじゃない」

「そうは見えない。できたら早退しろ」

ようやく額から久我の手が離れたと思ったら、今度は力強く背を押された。大きな掌の感触を背中で感じたら、腰が砕けてその場に膝をついてしまいそうになる。

「なんだよ、ろくに歩けもしないのか！」

慌てて久我が腕を取ってくれたが、自分でも足元が覚束ないのが熱のせいなのか久我のせいなのかよくわからない。

「だ、大丈夫だ、放っておけ」

「できるか、そんなこと。そんな調子で仕事なんてさせないからな。とっとと帰れ」

「どうしてお前にそんな指図をされないといけない……！」

「病人が偉そうな口を利くな」

いつになく強い口調でぴしゃりと言い切られ、秋人はグッと黙り込む。

久我はいつだって人当たりがよく柔和に笑っていて、滅多に声を荒らげたりしない。それだけに、少し強く言われると途端に腰が引けてしまうのは子供の頃からだ。普段は秋人の方が居丈高に振る舞っているように見えても、実際の力関係は久我の方が数段上だった。

結局、秋人は久我に促されるまま上司に午後半休を申し出て帰宅する羽目になった。

身支度を整えた秋人が研究所の外に出ると、とっくに本社に戻ったとばかり思っていた久我が建物の入口に立っていた。

その頃には自分でも言い訳ができないほど体の不調を自覚していた秋人は、ぼんやりとした顔で久我を見上げる。

「……お前、何してるんだ？」

「会社の入口にタクシー回してある。それで家まで送ってやる」

「いや、それは……」

普段なら強い口調で断るところだが、熱のせいで言葉が上手く繋がらない。まごまごしている間に久我に手を取られ、引きずられるように会社の入口まで連れてこられてしまった。

タクシーには当然のような顔で久我も乗り込んできた。仕事は大丈夫なのかと思ったが、それを尋ねるだけの気力もない。ただ、揺れる車の中で小学生に戻ったようだと思った。

休み時間や放課後、久我は秋人の腕を引っ張ってあちこちに連れ出してくれた。さすがに長じるにつれ手を引かれる回数は減ったが、最後のあれはいつだったか。

（……そうだ、修学旅行……）

熱っぽい頭をシートに預け、秋人はうつろに記憶を辿《たど》る。あのときも、随分久しぶりに久我に手を引かれたと思った。秋人の手を摑み、こっち、と笑いながら振り返る久我の顔は夕日に照らされて眩《まぶ》しいくらいだった。

あの瞬間、自分は久我への恋心を自覚したのだ。

「おい、この辺でいいのか？」

車に揺られながら、しばらくうとうとしていたらしい。久我に声をかけられ目を開けると、すでにタクシーは自宅のアパート前まで来ていた。

緩慢に頷く秋人の腕を取ってタクシーから降ろすと、久我はタクシーをその場に残し秋人の部屋の前までついてきてくれた。久我の肩を借りて二階にある自室へやってきた秋人は、熱で潤む目を瞬かせて鞄の中から鍵を取り、次の瞬間ハッとして背後の久我を振り返った。

「わ、悪かったな、こんなところまで！　もう帰っていいぞ！」

「お、なんだよ急に元気になって」

「なんでもない！　ありがとう！　でも帰れ！」

感謝しているのかいないのか判断のつかないことを口走り、秋人は鍵についたキーホルダーを鞄の中で握り締めた。これだけは、何があっても久我に見せるわけにはいかない。

わざわざタクシーまで呼んで部屋に送り届けてくれた相手に「帰れ」と言い放つ秋人に、さすがの久我も呆れた顔を浮かべたものの、秋人の頑《かたく》なな表情を見て諦《あきら》めたのかゆっくりと部屋の前から身を引いた。

「わかった、帰るから。お前はちゃんと布団に入って寝ろよ」

「ああ、そうする」

「間違っても仕事とかするなよ。会社に戻るなんてもってのほかだぞ」

「わかってる、大丈夫だ」

「あと、夜にもう一度様子見に来るから、そのときはちゃんと部屋に入れろ」

「わかっ……えっ！」

再び久我に背を向け、手の中のキーホルダーを隠したい一心で適当に相槌《あいづち》を打っていたら何やら妙な言葉が耳に転がり込んできた。慌てて振り向いたときにはもう、久我は人の悪い笑みを口元に浮かべて踵を返しかけている。

「じゃあ、また夜に」

あとはもう呼び止める間もなく軽い足取りで久我はアパートの外階段を下りていってしまうから、秋人は沈痛な面持ちで額に片手を押しつけた。

秋人の焦燥に応えるように、眼鏡の前で鍵につけたキーホルダーが小さく揺れた。

『見ろよ秋人、このキーホルダー超ダセェ！』

土産物《みやげもの》店で声も憚らず言い放つ久我の笑い声が耳の奥で反響する。今より少し高い、変声期途中の久我の声だ。

『観光地の土産物ってどうしてこうもダサいんだろうな？　ダサすぎて逆に惹かれるわ』

『いい加減にしろ。店員が睨んでるぞ』

秋人が諫《いさ》めると、久我は肩を竦めて同じキーホルダーを二つ手に取った。

『じゃあ買っていこう、記念に』

『私もか？』

当然、と頷く久我の顔は幼い。中学生だったのだから当然だ。

お揃い、とふざけた口調で言って久我が同じキーホルダーを左右に振る。久我への想いを自覚する直前の出来事なのに、久我と同じ物を持てると思ったら胸の奥が締めつけられたようになった。

息苦しさに荒い息を吐くと、室内に玄関チャイムの音が鳴り響いた。

うっすらと目を開ける。暗くて一瞬何も見えず、自分の居場所がわからない。二、三度瞬きをしてみてようやく布団の中にいることに気がついた。いつの間にかすっかり日が落ちて、明かりを落とした部屋の中は真っ暗になっている。

再び玄関のチャイムが鳴って、秋人は重たい体を引きずるようにして布団から這《は》い出した。部屋の電気をつけながら玄関へ向かい扉を開けると、その向こうにビニールの買い物袋を手にした久我が立っていた。

直前まで見ていた夢と、自宅に久我がいるという異常事態が混ざり合い、即座に状況が理解できなかった。幻でも見ている気分で久我に手を伸ばそうとすると、玄関先に置いてあった靴に躓《つまず》いて久我の方へと倒れ込んでしまう。

「おっと。大丈夫か？　大分弱ってるみたいだな」

夢で聞いたより低い声と、記憶の中より広い胸に抱き留められて秋人は緩慢な瞬きをした。肌の匂いと香水の匂いが入り混じった久我の匂いに、キュウッと胸が締めつけられる。溜息をつくと、久我に軽く背中を叩かれた。

「本当に具合悪いんだな。いつもだったらちょっと触っただけで猫みたいに大暴れするくせに」

そうだな、そうだったかな、と曖昧な返事をしているうちに、靴を脱いだ久我に肩を抱かれるようにして部屋の奥へと連れてこられた。1Kの狭いアパートは玄関を入ってすぐがキッチンで、仕切りを抜けた向こうにリビング兼寝室が続く。

秋人をベッドに座らせると、久我も傍らに膝をついて持っていたビニール袋を掲げた。

「近所の薬局でお粥《かゆ》買ってきたぞ。レトルトだけど。食えるか？」

「……食べたくない」

「じゃあヨーグルトは？　お前の好きな角切りリンゴが入ってるやつ」

間髪容れず問いかけられ、無自覚に喉が鳴った。それなら食べられる、と答える前に、久我は何もかもわかった顔で頷いて布団をかけた秋人の膝の上にヨーグルトを置いた。

「水と、一応風邪薬も買ってきたぞ。それ食ったら薬飲め」

頷いて、秋人はベッドに座ったままヨーグルトの蓋《ふた》をぴりぴりと剝《は》がした。プラスチックのスプーンで冷たいヨーグルトをすくって食べると、熱と寝起きでぼんやりしていた頭がようやく少し冴《さ》えてくる。

（そういえばこのヨーグルト、高校の頃によく食べていたな）

ヨーグルトを口に運びながら何気なくパッケージを確認する。昔から久我は他人の好みを覚えるのが上手かった。実に営業向きの性格だ。

（……別に、私のことだから覚えていたわけではなく、そういう性分なんだな）

敢《あ》えてそう自分に言い聞かせないと妙な具合に口元が緩んでしまいそうだ。無心を装いヨーグルトを口に運んでいると、頬に久我の視線を感じた。無防備に横を向くと久我の凪《な》いだ瞳が自分を見ていて、まずい、と思ったときはもう遅かった。

こういうふうに他人を見詰めているとき、久我は相手の言葉や態度からその胸の深いところまで探っている。いつだって驚くほど真っ直ぐ相手を見る久我は、相手の核心に手を伸ばすときも躊躇《ちゅうちょ》がない。

「新しい研究室の仕事はきついか？」

穏やかな声で迷いもなく切り込まれ、一瞬で退路を断たれた気分になった。

一体どこで誰と親しくなって、どんな情報を仕入れているかわからない男だ。迂闊《うかつ》なことは言えないと、秋人は空になったヨーグルトの器を久我に押しつける。

「別に、そうでもない」

「本当か？　また何かいろいろ溜《た》め込んでないか？」

「またとはなんだ、またとは」

「だってお前が熱出して寝込むときは大抵何か抱え込んでるときだろう？」

さも当然とばかり言い切られ、いつのことを言っているのだろうかとうっかり記憶を辿りかけてしまった。そういう態度がもう久我の言葉を肯定してしまうことに気がついて、秋人は慌てて布団にもぐり込む。

床に直接腰を下ろした久我は、ベッドの端に肘をつくと軽く身を乗り出して秋人の顔を覗き込む。遠い昔、保健室のベッドに横たわる秋人の様子を見に来たときと同じ体勢だ。

「急に研究室移ることになったんだろ？　その辺関係してる？」

図星を突かれ、秋人は眉間にざっくりと深い皺を刻んだ。その表情もまた久我の質問を肯定しているとも気づかずに。

「……別に。研究室を変わるなんて珍しいことでもない」

「そうか？　結構理不尽な理由で移る羽目になったって一之瀬は言ってたぞ。理由は教えてくれなかったけど、室長の責任も大きいって」

それも先日の歓迎会のとき一之瀬から聞き出したのだろうか。初対面の相手に随分口が軽い、と一之瀬を恨みそうになったが、むしろ初対面の相手からそんな情報を聞き出せてしまう久我の方が厄介なのかもしれない。

秋人は深く息をつくと久我の視線から逃れるように目を閉じた。

「違う。室長はよくやってくれてる。あの人を恨むのはお門違いだ」

自分と顔を合わせるたび申し訳なさそうに頭を下げる宇多野の姿を思い出し、秋人はきっぱりとした口調で言い切る。

久我は一応納得したような返事をしたものの、追撃の手は緩まなかった。

「じゃあ動物実験は？　お前みたいな性格の奴には辛い仕事なんじゃないの？　動物が可哀

相になったりしてない？」

「まさか、研究者がそんな感傷的でどうする」

とっさに返事ができたのは、普段から自分で自分にそう言い聞かせていたおかげだ。

「薬を作る以上、動物実験は絶対に必要だ。可哀相だなんて言っていられるか」

「そのわりには、体調管理もできないくらい参ってる」

ようやくまともに反論できたと思ったのに、すぐさま痛いところを突かれて口ごもる。久我は笑って布団の上から秋人の胸を軽く叩いた。

「虚弱体質でちょこちょこ具合悪くなるくせに、自制心はやたらと強いから普段は本格的に寝込むことなんてないんだろ？」

目を開けると、自宅の白い天井が視界一杯に広がった。

十年ぶりに会うというのに、久我は秋人の近況を正しく見抜いている。

やはり久我には何もかもお見通しなのだ。これ以上無駄なあがきをしても仕方がないと、天井に目を向けたまま秋人はおもむろに口を開いた。

「……研究室を移ることになったのは残念だが、異動自体は本当に珍しいことでもなんでもない。あの研究室に必要とされなかったのは私の実力不足で、室長にはなんの落ち度もない。動物実験だって避けては通れない。安全性の確認できないものをいきなり人間に投与するわけにはいかないんだからな。その作業にまだ慣れていないことは認める。体調を崩したのもそのせいだ。でもそれは、研究者として未熟な私が悪いんだ」

できるだけ自身の素直な気持ちを述べ、これでいいかとばかり久我に視線を戻す。それなのに、久我はなぜか笑いを嚙み殺したような顔でこちらを見ている。

「秋人ー、お前さぁ……」

妙に伸びた調子で秋人の名を呼んで、久我は自身の口元に手を添える。

物珍しい食材を前に、さてどうやって料理してやろうと腕まくりをする料理人じみた顔だ。何をたくらんでいるのだとさすがに秋人が身じろぎすると、久我はあやすように秋人の肩を布団の上から叩いた。

「俺さ、前の会社に入社したばっかりの頃、全然売上伸びない上に滅茶苦茶《めちゃくちゃ》仕事こなすのが遅くて、毎日残業ばっかりだったんだ」

突然始まった久我の昔語りに秋人は目を瞬かせる。急な話題転換についていけず秋人が口を挟めないでいるうちに、久我は懐かしそうに目を細めた。

「なんとか挽回したい一心で誰より早く会社に行って、誰より遅くまで会社に残って、毎日青白い顔して仕事してたから周りからは随分心配された。でも全然売上伸びないんだよね。仕事も溜まってく一方で。先輩の中には、上司の仕事の振り方がおかしいんじゃないか、なんて言ってくれる人もいた」

ベッドに肘をつき掌で顎を支えた久我が、もう一度秋人の肩を叩く。

「そのたびに俺、こう言ってたんだ。上司が悪いんじゃない、新人で仕事が遅い自分が悪いんですって。要領の悪い俺が全部悪いから、誰かを責めるのはお門違いですって」

全部自分が悪い。誰も責められない。

ふと、そんなことを自分も最近繰り返し考えていたことを思い出した。

数名いるメンバーの中で自分だけが研究室を追い出されたのは、自分に研究者としての能力が足りなかったからだ。宇多野は上からの命令に逆らえなかっただけで、氷室が私的な理由から秋人をリード創出研究室から外したとは断言できず、結局誰も責められない。

誰のせいでもない。悪いところがあるとすれば、それは自分だ。

「本気でそう思ってたつもりだった。でも月の残業が八十時間突破した辺りで、さすがにキレたんだよね」

そこで一度言葉を切って、久我が軽く眉を上げる。と思ったら、室内に久我の荒々しい声が響き渡った。

「新人にこんな膨大な量の仕事捌《さば》き切れるわけねぇだろ！　上司はどこ見て仕事振ってんだ、部下の管理能力欠如してんじゃねぇの⁉　先輩もちょっとは手伝えよ！　後輩より先に帰ってんじゃねぇぞ！　ってさ」

突然の怒声に驚いて秋人は体を竦ませたが、久我はころりと声の調子を変えて、若かったなぁ、などとのどかに笑っている。

「誰もいないオフィスで、その場にいない上司のことやら先輩のことをクソミソになじったわけ。それはもう、新人の自分の立場も棚に上げて。先輩のフォローが悪いとか上司の指導が悪いとか思い浮かぶこと全部。で、すっきりしたら急に我に返った。上司は本当に現状がわかってないのか、先輩はそんなに薄情なのか、冷静に自分に問いかけられた」

なかなか寝つけずぐずる子供をあやすように、繰り返し久我が布団の上から秋人の肩を叩く。一定のリズムに身を任せていると、近距離で久我の顔を見詰めていてもいつものように心臓が騒がず、むしろどんどん心が凪いでいくのがわかった。

「考えるまでもない。ちゃんと思い返せば上司はいつも仕事の進行に問題がないか俺に訊《き》いてくれてた。先輩は先に帰っちゃうとはいえ、自分の仕事が終わってからもしばらく俺の側にいてくれた」

わかってたのにな、と話の合間に久我は苦い笑みをこぼす。

「表面上は仕事が遅い自分が悪いって言いながら、実際俺は全然反省してなかったんだ。ただ反省している振りをして、こんなふうに殊勝なことを考えてる自分は偉いなぁって思って満足してた。そこで立ち止まって、じゃあどうしたら仕事が早くなるだろう、なんてことにはまるで頭が回ってなかった」

あまり思い返したくない記憶なのか、久我の眉の間に影が落ちる。

「でも、周囲のことを遠慮なくぼろくそに言ったらようやく罪悪感が湧いてきた。皆は自分の仕事をこなしながら俺のフォローまでしてくれてるのに。むしろチームの足引っ張って、周りにしなくてもいい残業までさせてる俺ってなんなんだって。そのとき初めて本気で反省したんだ。仕事が遅い自分が悪いって、腹の底からそう思えた」

そこまで言って、久我は気が抜けるほど明るい笑みを浮かべた。

「そこからはちゃんと考えたよ。どうやったらスムーズに仕事が進むか。ちゃんと優先順位紙に書き出して、午前中はこれやって、午後はこれやってって計画も立てて。そうしたら一ヶ月も経たないうちに残業時間が半分以下になった。『新人で仕事の遅い自分が悪い』って言ってた頃は、裏返せば『新人なんだから仕事が遅くても仕方ないだろ』って思ってたんだなぁって思い知ったよ。がむしゃらに目の前の仕事をやっつけるのに夢中で、仕事の効率化を考えることとか完全に放棄してたんだな」

気がつけば、息を詰めて久我の言葉に耳を傾けていた。今何か、久我の言葉の中に自分と重なる部分があった。わかっているのに認めたいのに、最後の最後で抗《あらが》いそうになる自分を必死で抑え込んで久我の言葉を反芻する。

そんな秋人を見下ろして、久我は優しいくらいの口調で言った。

「自分が悪いって言ってるときって、全部受け入れて前に進んでるように見えて立ち止まってることも結構あると思うぞ？」

本当は隠しておきたかっただろう過去の出来事を赤裸々に語った後で、久我は駄目押しのように尋ねてくる。

「お前は？　本気で現状の不満の元は全部自分にあると思ってる？」

秋人は無言で久我の顔を凝視する。

全部自分が悪い。他は誰も悪くない。確かにそう思っていたのに、それは自分の内側にあるどす黒い感情を塗り固めるための方便でしかなかったのかもしれないと初めて思った。

だとしたら、自分の本心は一体なんだ。

久我が本音をぶちまけるから、それに引きずられるようにこちらも本音を隠せなくなる。

「……そんなわけがあるか」

気がつけば、震える声で低く呟いていた。

久我が唇の端を緩める。待ってましたとばかり笑う顔にはまるで緊迫感がない。だから秋人も身構えることなく、口の端から本音がぽろぽろとこぼれてしまう。

「私自身に確固とした問題があったならまだしも……所長の身内がチームに入るからその人数調整だなんて、そんな私的な理由で研究室を追い出されるなんてことがあっていいわけがないだろう……！　理不尽すぎる！」

震えた声には隠しようもない怒りがにじんでいた。誰に何を言われても諦観《ていかん》の言葉しか出てこなかったはずなのに、胸の内側にはまだこんなに激しい感情がくすぶっていたのかと自分で驚く。そうして一度口先が決壊してしまえば、あとは止める間もなく胸に溜め込んでき

た不満が溢れてきた。

「いくら所長の命令だからといって、それを諾々《だくだく》と飲んだ宇多野さんも宇多野さんだ！　本当に申し訳ないと思うなら私でなく自分が研究室を移ればよかったのに！　定年間近で仕事の合間にソリティアなんてしているくらいなら私を研究室に残せばよかった！　私はあの研究が好きだったんだ！　動物実験なら私でなくても誰でもできる！　自分の与えた薬で動物が死ぬところなんて誰が好きで見たがるものか！　こんなこと、薬を開発する研究者がやることじゃない！」

布団の端を握り締めて秋人は絶叫する。自分の言葉を身勝手だと思う余裕もなかった。久我にどう思われるかすら考えず口走った声が部屋の角々に吸い込まれる。その直後、胸の辺りを一際強く久我に叩かれた。

「そうだな。それくらい思って当然だ」

それは部外者らしい気楽な肯定で、でも一切の否定を挟まず、見上げた久我の顔はやっぱり笑っていて、秋人は無自覚に詰めていた息を一気に吐き出した。

一息でいろいろなことを叫んだものだから、軽く息が切れていた。布団の下で荒い呼吸を繰り返していると、なんだかスポーツの試合でもひとつ終えた気分になってくる。軽い興奮と疲労に、妙な達成感や爽快感が入り混じる。

言ってしまった、と思ったら、不思議な脱力感に襲われた。

世間に対して繕っておくべき体裁など丸ごとなげうって本音を口にしてしまった。誰の立場にも立たず、自分の心のままに。

非常にすっきりした。だが久我の言う通り、自分勝手な言葉を喚《わめ》き散らすと急速に人は冷静になるらしい。感情で突っ走った自分の言葉に誰よりも強く反論するのは自分自身だ。

「待て……待ってくれ」

怒濤《どとう》の反論を自分の中でだけ処理するには体力を消耗しすぎていて、秋人は助けを求めて久我を見上げる。久我はベッドに肘をつき、何？　と当たり前に耳を傾けてくれるので、またしても無数の言葉が奔流となって流れ出す。

「所長のコネというのは、あくまで噂だ。確たる証拠はない。そういう噂にすがっておくと気が楽なだけで、私もまさかとは思う。それに宇多野さんが研究室を移ることもあり得ない。室長なんだから、あの人がいなくなったらそもそも研究室ごと消滅する。無茶を言いすぎた。それにあの人なら、人数調整をするなら自分を外してくれと真っ先に申し出ている可能性もある。未だに私の顔を見るたび何度も頭を下げてくるし、最近とみにやつれて、見ているこっちの方が気の毒になるくらいだ。そういう人なんだ」

そうか、と久我は言葉少なに頷く。続きは？　と目顔で促され、秋人は口早にまくし立てた。

「それに、動物実験の必要性もわかっている。むしろ絶対に外せないものだ。誰にでもできる仕事というのも嘘だ。動物に薬を与えて漫然と見ているだけじゃない、観察力や考察力が求められるし、膨大なデータの整理も効率的にこなす必要がある。非臨床実験のチームには私より年下なのにずっと優れた洞察力を持つ者もいて頭が上がらないくらいだ」

こうして冷静になってみるとよくわかる。これまで動物実験は必要だと言ってきた自分の言葉がどれほど口先だけのものだったのか。

けれどたった今口から漏れる言葉は、すべて本心からのものだ。

ただ、と秋人は一度言葉を切る。

薬の致死量を知るため、動物たちの心臓が止まるまで薬を与え続けなければいけないのはやはり辛い。薬を投与した途端明らかに容体が変わるのを目の当たりにするのも辛い。

自分の与えた薬がどんな結果を招くか知りつつ動物たちの前に立つのは、ひどく怖い。

生き物を殺すという生々しい事実を口にするのは憚られ黙りこくってしまった秋人の横で、久我はそうだな、と頷いた。

「狩猟時代ならいざ知らず、やっぱり生き物の命を奪うってのは勇気いるよな」

久我の台詞はまたしても、秋人が口にすることのできなかった言葉を聞きとったかのようだ。秋人は非臨床実験の具体的な内容など何ひとつ口にしていないのに、久我は痛々しそうに眉を寄せる。

久我にそんな顔をさせたくなかったから言葉を濁していたはずなのに。上手くいかない、と秋人は口元を歪《ゆが》ませた。

「……私は何も言っていないぞ」

「ああ、そうか」

「また幻聴でも聞こえたんだろう」

「そうかもな」

「私の本心とは関係のないことだ」

うん、と頷いた久我が、秋人の目の上に掌を乗せてくる。

ふいに視界が遮られ、仄暗《ほのぐら》い闇《やみ》の中でふっと体から力が抜けた。

不思議なくらい、手足が軽い。自分でも気づかなかった建前の裏の本音をぶちまけて随分気が楽になっている。

(自分で思っていた以上に、私は嫌な人間だったんだな……)

自分に何度も頭を下げてくれた宇多野を本心では恨んでいたことや、これまで自分が行ってきた研究よりも非臨床実験をどこか下に見ていたことまで白日の下に晒されてしまった。そんなことを思ってはいけないと心のどこかでブレーキをかけていたのに。でも、ブレーキをかけている時点で最早そういう思いはしっかりと胸に根づいていたのだ。

真っ向から宇多野や非臨床実験を否定して、ようやくその事柄と向き合えた。その後で自分自身から返ってきた反論で、やっと自分を納得させることができた気がする。今度こそ建前ではなく、本心から。

最後の問題も、きっとこうして向き合わないことには前に進めないのだろう。

「……殺していい命なんて、あるんだろうか」

今まで誰にも言えなかった、特に同じ非臨床実験をしている仲間になど口が裂けても言えなかった言葉を、目元を隠す久我に投げかける。

非臨床実験では毎日何十匹という動物を処分する。病気で苦しむ人たちの命を救うために必要なことだと思う半面、人間を助けるために動物を殺すのはいいのかと思わずにはいられない。

「動物実験は絶対に必要だ。いきなり人間に新薬を投与することはできない。でも……」

「そうだな。だからって動物で実験するのはいいのかって聞かれるとな。動物だって生きてるんだから」

室内に沈黙が落ちる。久我はしばらく黙り込んで納得のいく回答を考えていたようだが、やがて諦めたのか小さく息を吐いた。

「最終的には、他の動物より人間を優先させたきれいごとで終わっちゃうな」

目の上から、ようやく久我の手がどかされる。電灯の光が眩しくて忙しない瞬《まばた》きを繰り返していると、緩く笑った久我が秋人の前髪をかき上げてきた。

「でもそうやって悩んでるの、お前らしくて俺は好きだけどね」

汗で濡れた髪をかき上げられる心地よさに気をとられ、久我の言葉に反応するのが少し遅れた。深い意味もないのだろう「好きだ」という言葉に、一拍遅れて心臓が跳ねる。

自分の言葉で秋人がうっかり瞳孔《どうこう》を広げてしまったことなどまるで気づいていない顔で、久我は傍らに置いていた薬局のビニール袋からペットボトルの水を取り出した。

「小学校のとき、校庭の隅に飼育小屋があっただろ。半分はウサギ小屋で、もう半分が鳥小屋。その前に立って、お前真顔で言ってたよな。この動物たちは幸せだろうかって」

久我の何気ない一言に過剰反応して大暴れする心臓を宥め、秋人は過去の記憶を手繰り寄せる。久我の言う情景には秋人も覚えがあった。確か放課後のことだ。動物臭い飼育小屋の前でしこたまそんなことを考えていたら久我が側を通りかかり、胸に浮かんだばかりの疑問をぽつんと久我に漏らしていた。

こうして狭い場所で飼われている動物たちは幸福か？　という秋人の問いに、久我はわずかに考え込んでからこう答えたはずだ。

「安全な寝床と、飢え死にしないだけの餌《えさ》が毎日与えられるんだから幸せなんじゃないか、とお前は言ったんだったな」

「そう。そしたらお前水入れに入ってた汚い水指差して、こんな食事でも幸せか？　って」

打てば響くように久我から当時の自分の台詞が返ってくる。他愛もない会話を互いが覚えていたことに、秋人の胸がジワリとぬくもる。久我との思い出を特別だと思っていたのは自分だけで、久我はとっくに忘れているとばかり思っていたのに。

「そんな話した後だろ、お前が飼育係に立候補したの。夏休みとか率先して小屋の掃除してたな。せめてこの場所が動物たちにとって居心地のいい場所だといい、とか言いながら」

「……よく覚えてるな」

まぁね、と得意気に久我が笑う。子供の頃を髣髴《ほうふつ》とさせる表情に、自然と秋人の口元にも笑みが浮かんだ。

「……私には、わからなかったからな。日々捕食者に襲われる危険に晒され、飢えにあえいで生きていくのと、生命の危険は少ないが狭い場所で窮屈に生きていくのと、どちらが動物にとって幸せなのか。でも、彼らが望むと望まないとにかかわらず、あの小屋から出ることはできないんだ。だからせめて、こちらが与えた居場所を少しでも快適にするのが、私たち人間にできるせめてものことだと思った」

「うん。それでいいんじゃないか？」

ペットボトルの蓋を回しながら、久我がポンと言い放つ。

「動物たちのこと考えながら、お前はお前のできることだけやってれば、それでいいんじゃない？」

「……私にできるのは、せいぜい悩むことだけだ」

「いいじゃん、それで。今はそれしかできないんだったら、それだけやってればいい」

悩むだけなんてそんなことに一体なんの意味がある。そう問い返しそうになる秋人の前で、久我は薬局のビニール袋から風邪薬の箱を取り出した。

「研究者が自分の倫理観を疑い続けるのはしんどいだろう。でも、敢えてそこから目を逸らさないお前は偉いと思う」

本当にそう思うよ、と繰り返し、久我は秋人の顔を一直線に覗き込む。秋人の中にある迷いや無力感や諸々の感情を全部見透かしたような顔で、ほんの少しだけ目元を緩めた。

「意味ないことはないんじゃないかな」

またしても、秋人の胸の内を読んだようなことを言う。

急に鼻の奥が痛くなって、秋人は眉間に皺を寄せて目を閉じた。

他愛のない一言で泣きそうになっている自分に呆れる。いい年をして、情けない。

「ほら、そろそろ薬飲め」

掌の上に転がした錠剤を久我が差し出してきて、秋人は久我に感情の乱れを悟られまいと大人しくそれを口に含んだ。枕元に置かれていたペットボトルの水でそれを喉に流し込むと、薬のせいばかりでなく体が楽になる。

(………あの時と一緒だ)

学校の保健室で薬と偽って久我がラムネをくれたときと同じだと思った。久我はいつだって秋人の欲しい言葉をくれる。それは薬以上の力になって、秋人の心を鎮めてくれる。

（あのときの言葉、もう一度……）

ゆるりと久我に視線を向けると、久我は心得ているとでも言いた気に小さく頷いた。

「実は俺の分の飯も一緒に買ってきた。ついでに仕事も持ってきてる。もうしばらくはここにいるから、大丈夫だ」

すでに瞼が重くなりつつあった秋人は、苦笑に近い表情で口元を小さくほころばせた。

（お前、幻聴じゃなくて本当に私の心の声が聞こえてるんじゃないだろうな……？）

そんなことを思ってしまうくらい、久我は違わず秋人の欲しかった言葉をくれた。

保健室でなかなか寝つけなかった自分に言い聞かせてくれたのと同じような台詞。

『ちゃんと目ぇ閉じろよ。お前が寝ちゃっても側にいてやるから、大丈夫だ』

側にいる、という一言に安心して一気に瞼が重くなったあのときと同じように、秋人はものの数分と待たず眠りの底に引き込まれていったのだった。


会社の始業時間より随分早い早朝。研究所は人気がなく、長いリノリウムの廊下はいつにも増してひやりとしている。

もしかすると今の時間、研究所にいる職員は自分だけかもしれない。

秋人は白衣のポケットに両手を突っ込み、目の前にずらりと並ぶゲージを見渡す。その中では、ラットやウサギなどの実験動物たちが忙しなく動きまわっている。

一ヶ月後、この中でどれだけの動物たちがまだここに残っているだろう。いつか自分が命を奪うかもしれない動物たちを前に、秋人は白衣のポケットから両手を出す。

罪悪感が勝って長くその瞳を直視することができなかった動物たちと一匹一匹目を合わせ、秋人は物言わぬ彼らに向かって深々と頭を下げた。

「……すまない」

実験動物が可哀相だと思うなんてきれいごとだとか、研究者なのだから慣れろなどと思うことはやめた。本当は殺したくない。可哀相だと思う。きっといつまでも慣れることはないだろう。こうして動物たちに対して頭を下げたところで許されるとも思えないが、そうしないことには自分の中で気持ちの整理がつかなかった。

頭を上げると、動物たちは秋人の行為になどまるで無関心で眠ったり水を飲んだりゲージの中を駆けまわったりしていた。

たったそれだけのことだ。目に映る光景は何も変わらないはずなのに、研究室を移ってからずっと頭上を覆っていた薄雲が少し晴れたような気がした。

熱を出して早退してから三日目。予想外に熱が下がらず長く会社を休んでいた秋人が最初に研究室でしたのは、メールチェックでもなければデスクの上に積まれた資料の整理でもなく、動物たちに頭を下げることだった。

以前、自分を非難しているようにしか見えなかった動物たちの黒い目を、今はきちんと直視することができる。誰もいない研究室でしばらく動物たちと向き合ってから、秋人はゆるゆると溜息をついた。

仕事に対して、ほんの少しだけ気持ちを切り替えることができた気がした。そのきっかけは言うまでもなく、迷う秋人を肯定してくれた久我の言葉だ。

だが胸の内には、また新たな問題が浮上している。

（どうしたものかな……）

動物たちの動きまわる微かな気配に包まれた研究室で、秋人はひっそりと考える。

職場で久我と再会してからどうにかこうにか抑え込もうとしてきたものの、一度胸に芽吹いた気持ちをなかったことにすることは難しい。しかもその想いは、病床で久我に背を押されたことで隠しようもないくらい顕在化してしまったらしい。

やはり自分はどうしようもなく、久我のことが好きなようだ。

思い返せば、自分が久我に片想いをしていた時代は長い。小学生の頃、久我に対する初恋の諸症状をすべて何かの病気だと思っていた自分がようやく恋心を自覚したのは、中学の修学旅行の最中だった。

班ごとに移動していた旅行の最中、秋人はひとり人ごみに呑《の》まれて班からはぐれてしまった。当時の秋人は携帯電話など持っておらず、班のメンバーの携帯番号もわからない。

その日の予定は班で水族館に行ったら宿に戻っておしまいだ。とりあえず水族館に向かおうとしたが今度は財布をなくしていることに気づき、完全に身動きがとれなくなった。

幸い泊まっていた宿には歩いて帰ることのできる距離だったので宿に戻ろうとして、直前で同じ班にいる久我の携帯番号だけは生徒手帳に書きつけてあったことを思い出した。

小銭もないので交番で電話を借りて久我に連絡をすると、久我はすぐに迎えに行くと言った。断っても聞き入れず、そこから絶対動くなと言い渡され、一時間もしないうちに息を切らした久我が交番に飛び込んできた。

「よかった、みんな心配してたんだぞ！」

久我の他に秋人を迎えに来た者はおらず、どうやら全員水族館へ向かったらしい。自分たちも遅れて後を追うのだとばかり思っていたら、久我はにやりと笑ってそれを否定した。

「せっかくだから別行動にしようぜ。俺、アシカのショーとか興味ないし」

どうやら久我が迎えに来てくれたのは、班行動から離脱するためもあったらしい。

その後、半日足らずではあったが久我と二人で市内観光をした。

向かった先は観光地とは程遠い、行列のできるラーメン店だったり十二段ものとぐろを巻くソフトクリーム売り場だったり怪し気な地元の本屋だったり、本来修学旅行では立ち寄らないだろう場所ばかりだった。

途中、戯れに寄った土産物店でそれを見つけたのは、久我だった。

「見ろよ秋人、このキーホルダー超ダセェ！」

腹を抱えて笑いながら久我が掲げたのは、小指の先ほどの大きさしかない小さな木刀がついたキーホルダーだ。

「修学旅行で木刀買ってくる奴ってマンガとかではたまに見るけど、まさか軽量化してキーホルダーにする土産物屋があるとは思わなかったな！」

「……一体誰が買うんだろうな、こんな物」

「やっぱヤンキーが買ってくのかなぁ。いや、ヤンキーなら本物の木刀買ってくよな」

一頻《ひとしき》り笑い合った後、結局同じキーホルダーを久我と二人で買った。

ダサい、ダサいと何度も繰り返しながら馴染みのない町を歩くのは楽しかった。ただ二人で歩調を合わせているだけで笑いが止まらず、宿に帰るのが惜しいくらいで、辺りが夕暮れに染まり始めてもなかなか二人とも戻ろうとは言い出せなかった。

「あっちに灯台あるってよ。ちょうど日の沈むところ見えるんじゃね？」

「……もう日は沈んでるんじゃないのか？」

「いや、あっちの空はまだちょっと明るいって。行ってみよう」

いい加減宿に帰らなければいけない時間になった頃、最後とばかり久我が全力で駆け出した。秋人も慌てて後を追うが、元から足の速い久我になかなか追いつけない。途中で久我が戻ってきて、子供の頃のように遠慮なく秋人の腕を摑んだ。

「ほら、早くしないと本当に沈むだろ」

「もう沈んでる。灯台の上まで行って夕日が見えなくても私のせいにするなよ」

「するよ、するする。お前のせいだ」

「濡《ぬ》れ衣《ぎぬ》だな」

ブハッと久我が噴き出す。何が面白かったのかはわからないが腕を掴む久我の指先から笑いが伝染してくるようで、秋人も走りながら肩を震わせて笑った。

笑いながら走るからいつも以上に息が上がる。その上灯台の階段まで一息で駆け上ったものだから、展望台に辿り着く頃には二人して尋常でなく息が切れていた。

「あ、ほら見ろ！　やっぱりまだ沈んでなかっただろ！」

秋人の腕を摑んだまま久我が西の地平線を指差す。久我の言う通り、わずかに残った太陽の縁がゆらゆらと大地の端を照らしていた。

「……綺麗だな」

乱れた息の下で秋人が呟くと、うん、と久我も頷いて秋人を振り返った。

「なんか楽しいな、修学旅行」

「今朝《けさ》宿を出るときは、修学旅行なんてかったるいと言ってなかったか？」

「あー。かったるいと思ってたけど、今は楽しい」

最後の夕日が久我の横顔を照らし出す。滑らかな頰に橙《だいだい》の光を滑らせて、久我は屈託なく笑って、言った。

「この後もずっとお前と二人きりだったらよかったのに」

いつまでも秋人の腕を離さないまま口にされたその言葉に、恐らく深い意味などなかった。せいぜいが、班で決めたコースをきちきちと回るより勝手気ままに動きまわる方が気楽でいいというくらいの意味だったのだろう。

でも、そんな他愛のない一言で秋人は久我に心臓を握り込まれた気分になってしまった。口元に笑みを浮かべたまま夕日に視線を戻した久我の横顔を見て、そうだな、と思った。こうしてずっと二人でいられたらいいのに。久我がこの手を離さないでいてくれたらいいのに。自分のことだけ見ていてくれたらいいのに——……。

多分、その瞬間だった。

その瞬間に秋人は、自分でもあっけないくらいすとんと久我に恋をした。久我も自分も男だとか、そんな問題すら頭に浮かばずただ久我のことが好きだと思った。

腕を引かれるのではなく手を繋ぎたいと思った。夕日ではなくこちらを見て欲しいと思った。長く長く、こうして隣に立っていたいと思った。

そうやって、ただ真っ直ぐに、恋に落ちた。

自覚のない片想いの期間が長かったせいか、男同士だと思い煩うことは不思議となかった。むしろ長いこと疑問だった自分の体の不調の理由がわかってすっきりしたくらいだ。

その後は、少しでも久我の側にいようと無理に志望高校のランクを下げて久我と同じ高校へ通った。球技なんてまるで得意ではないくせに久我と同じバレー部に入り、万年補欠ながら少しでも久我の役に立とうと試合の前には欠かさずカツサンドを作り続けた。

恋に落ちた自覚はあれど、男同士なのだから成就するとは思わず、その後も長く友人の立場を保ち続けた。それで十分だと思っていた。望めばすべてが叶《かな》うと思えるほど無鉄砲な性格でもなかった。

その心境に変化が生まれたのは、高校を卒業する頃のことだったか。

学年問わず女子から人気のあった久我が、卒業を間近に控え幾度となく女子生徒に呼び出され告白される様を目の当たりにしたせいかもしれない。自分もあんなふうに、久我に想いを伝えられたらと思ってしまった。

親の猛反対を押し切ってランクを落とした高校に入学するには、大学は親の望んだ学校に進むというのが絶対条件だった。結果久我とは別々の大学に通わざるを得なくなり、そうなればもう、久我に会うことはほとんどなくなってしまう。

だから最後に、秋人は己の思いをしたためた手紙を書いた。

ただ自分の気持ちを伝えたかった。どうにかならないのは百も承知で。

けれど想いを伝えれば、どうにもならないどころかこれまでの関係をすべて壊してしまいかねない。結局手紙は自分の鞄に押し込んだまま、久我に渡すこともできずに過ごした。

卒業式までの時間は刻々と短くなっていく。何日も持ち歩いていたおかげですっかりくたびれてしまった手紙をどうしたものかと思い悩んでいた頃、秋人の元にひとりの下級生がやってきた。

「久我先輩に、この手紙を渡していただけないでしょうか」

緊張した面持ちで秋人を呼び止めたのは、腰まである長い髪を左右で三つ編みにした、スカートの丈も詰めていない真面目そうな女子生徒だった。きっと秋人が久我と普段からよく一緒にいる姿を見ていたのだろう。お願いします、と両手で手紙を差し出す指先は震えていて、素気なく断るのも憚られ、ついつい手紙を受け取ってしまった。

別れ際、何度も何度も秋人に頭を下げる彼女の頬も、耳も、真っ赤だった。まだ久我への恋心を自覚していなかった小学生の頃、久我の隣にいるだけで顔中赤くしていた自分より赤かったかもしれない。お願いします、と訴える目は切実で、きっと何日もかけて手紙を書いたのだろうことが忍ばれた。

下級生が立ち去った後、秋人はジッと手の中の手紙を見下ろした。彼女はこれまで久我の元を訪れたどの女子生徒より真剣で、思い詰めているように見えた。漠然と、あの熱意には久我もほだされてしまうのではないかと思うくらいに。

同時に、久我とほとんど接点のなかった相手でも、女であるというだけでこうして堂々と想いの詰まった手紙を渡せることに、初めて嫉妬した。

グッと指先に力がこもる。手の中で手紙がクシャリと心許《こころもと》ない音を立てる。

放課後の誰もいない教室で、一瞬本気で手紙を握り潰《つぶ》してしまおうかと思った。

直後久我が教室に現れなければ、本当にその手紙をゴミ箱に放り込んでいたかもしれない。

「あれ、秋人まだ残ってんの?」

何も知らない久我が教室に飛び込んできたとき、自分のしようとしたことの卑劣さに気づいて愕然とした。久我を誰かに渡したくないばかりに、他人の想いを踏みにじろうとしてしまった。

これまではただ純粋に久我を好きだと思う気持ちだけがあって、誰かに渡したくないなどとは思ったこともなかったのに。なんの前触れもなく自分の中にある独占欲に気づかされ、うろたえる。

「どうした秋人。……何それ、手紙?」

久我がひょいと秋人の手元を覗き込んでくる。近づいた体から、日に当てた草のような匂いがする。いつもはくしゃみが出そうになるのに、その日は涙が出そうになった。

その瞬間、唐突にこの男は一生自分のものにはならないのだと思った。いつか自分以外の誰かを選び、その相手のことだけ見詰める日がやってくるのだと、悟ってしまった。

下級生から渡された手紙には、宛名《あてな》も差出人の名前も書かれていなかった。まっさらな封筒を持って立ち竦む秋人を、久我が不思議そうな顔で見ている。

下級生から手紙を受け取ったときはどうということもなかったのに、久我が自分以外の誰かと共に歩んでいく日々をかつてないほどリアルに思い描いてしまった直後だったせいか、急に手紙を渡すことにひどい拒否感を覚えた。

自分だってずっと久我のことが好きだったのに。きっとこの学校にいる誰よりも長く久我に想いを寄せてきたのに、その想いすら伝えられないことを初めてもどかしく思い、それでうっかり、口を滑らせた。

「久我、ずっと前からお前のことが好きだった」

二人しかいない教室に、固く強張《こわば》った自分の声が響いて消える。

久我は、きょとんとした顔で自分を見ていた。

あれ、こいつの口が動いたのはわかったのに、何を言ったのかはまるでわからなかったぞ、そんなことを思っている顔だった。

それでも構わず、秋人は久我の胸元に下級生から受け取った手紙を押しつけた。

「長く言えなかった気持ちが書いてある。だから受けとってくれ」

目を丸くした久我が、秋人の顔と手紙を交互に見る。ようやく秋人の声が耳まで届いたもののの、その内容までは理解できていない顔で。

駄目押しに、秋人は同じ言葉を繰り返した。

「ずっと前からお前のことが、好きだったんだ」

その瞬間、久我の表情が変わった。

予想していた驚愕や困惑の表情とは違った。久我の顔に浮かんだのは、怯《おび》えに似た表情だ。秋人の差し出す手紙には目もくれず、久我は秋人を凝視して後ずさりした。秋人から目を逸らしたら何をされるかわからないとでも言いた気な態度で。

あの顔を、今も秋人は忘れられない。

異質なもの、自分とは相容《あいい》れないものを見る目で、久我は秋人を見ていた。

恐らくあと少し秋人が動き出すのが遅かったら、きっと久我の顔には明確な嫌悪の表情が浮かんだだろう。それを直視したくなくて、秋人はフッと口元を緩めた。

「……という、伝言だ。下級生らしい生徒だったぞ」

久我の表情がまた一変する。たちまちぽかんとした顔になって、久我は恐る恐る自分の胸に押しつけられた手紙を見下ろした。

「あ、何、……この手紙持ってきてくれた子がそう言ってたってこと？」

「当たり前だろう」

呆れた表情は上手く作れていただろうか。今思い返してみてもよくわからない。けれど久我は心底ホッとした顔で手紙を受け取ってくれたから、きっと不自然のない程度には振る舞えていたのだと思う。

その後、一言二言久我と言葉を交わし秋人はひとり教室を出た。家に着くなり、長く鞄に押し込んだままだった自分の手紙は破って捨てた。

文字の判読ができなくなるまで細かくちぎった手紙をゴミ箱に落としながら、やはり駄目なのかと思った。

男同士だということも、久我が自分をそういう意味で好いてくれるわけがないことも頭では理解していたつもりだったのに、心のどこかで淡い期待を抱いていたことを思い知らされた気分だった。

もしも久我に渡した手紙が真実自分のものだったとしても、久我のことだからもう少し上手く切り抜けてくれるのではないかと思っていた。

『マジかー、気がつかなかった。でも俺、男より女の子の方が好きなんだ。ごめんな』

久我のことだからそんなふうに笑って、この話はお終《しま》いとばかりそれまで通りに接してくれるのではないかと漠然と考えていたが、実際には違った。待っていたのはきっぱりとした拒絶だけだった。

わかっていたつもりだった。それなのに、手紙を破っているうちに涙が出てきた。

久我の側にいられれば十分だと長く思い続けてきたはずだったのに、いつの間に自分だけを見て欲しいと望むようになっていたのだろう。久我の側にい続けたらこの想いはますます強くなっていくのではないかと思ったら、急に怖くなった。

その後追い打ちをかけるように、秋人に手紙を託した下級生の元を久我が訪れたという噂がクラスに広まった。久我は女子生徒から告白を受けることはあっても自分から何かリアクションをとることは滅多になかったから、そのときはクラス中が沸き返ったものだ。

秋人はその後の詳細について一切久我に尋ねなかったし、クラスメイトたちの噂話にも耳を貸さなかった。その後の二人がどうなったのか知りたくなかった。もしも二人がつき合うことになったら、久我に手紙を渡したことを一生後悔しそうな気がしたからだ。

それで秋人は、高校を卒業するなり携帯電話を機種ごと変えて久我と連絡をとれないようにしてしまった。

なんだかんだと彼女を作ったことのなかった久我が誰かとつき合う姿など見たくなかったし、このまま久我の隣にいれば、自分の気持ちが決壊して想いを打ち明けてしまうのも時間の問題のように思えたからだ。

（そうなったら今度こそ、久我は私を拒絶するんだろう）

長い回想の果てに、秋人はぼんやりと考える。

長く会わずにいれば淡い恋心など溶けて消えてしまうと思っていた。だが実際には、会えない間も久我と一緒に買った小さな木刀のついたキーホルダーは捨てられなかったし、十年ぶりに久我の顔を見た途端子供の頃の病は再発してしまった。

その上こうして再び言葉を交わすようになってしまえば、十年という時を隔てたとは思えないくらい着々と想いは募っていく。

（……時間の問題か）

無尽蔵に増殖する病巣でも身の内に抱えてしまった気分で、秋人はまだ人気のない研究室でひっそりとした溜息をついたのだった。

社員食堂のいつもの席。真夏の強い日差しが射し込む窓際の席で、秋人はそわそわと落ち着きなく昼食を食べていた。験《げん》を担ぐつもりでとんかつ定食など頼んでみたが、気を抜くとすぐ上の空になってしまってろくに料理の味もわからない。

今日の午後、秋人の作った弁当を受け取りに久我がやってくる。そう思うだけで朝から目の前のことにまったく集中できない。

秋人が熱を出してからすでに一週間が経っている。あの日久我は終電近くまで秋人の部屋に残り、レトルトの粥を用意してくれたり薬を飲ませたりしてくれた。

さすがに申し訳ない気分が募り、久我の帰り際に何か礼をさせて欲しいと申し出たところ、だったらまた弁当を作ってくれと頼まれその場で携帯のアドレスを交換した。

それから数日が過ぎた昨日、いよいよ久我から連絡があった。今か今かと連絡を待っていた秋人が、朝から腕によりをかけて弁当を作ったのは言うまでもない。

（……献立はあれでよかっただろうか）

いつもなら作り終えた弁当についてあれこれ悩むことはないのだが今回は別だ。弁当の中身はハンバーグにエビピラフ、ブロッコリーとゆで卵のサラダ。今回もまたいろいろと科学的根拠はあるのだが、それ以前に久我の好物ばかり並べてしまった。なんだか弁当から自分の好意がもろに伝わってしまいそうで気恥ずかしい。

一品くらいは素知らぬ顔で久我の苦手なものでも交ぜておけばよかったと軽く後悔していると、無人だった向かいの席に誰かが静かに腰を下ろした。

秋人が食堂でひとり食事をしていると、たびたび誰かが相席してくる。その大半が、秋人に弁当の依頼をする本社の人間だ。

今回は誰だと目を上げると、黒髪を短く切った若い男が真向かいに座っていた。

何かスポーツでもやっていたのかと思わせる広い胸をストライプの入ったスーツで包んだ相手を、秋人はしばし茫洋《ぼうよう》と眺めた。何しろ頭の中は久我のことで一杯で、相手の名前や部署を思い出すのに少し時間がかかった。

「どうも、お久しぶりです」

両手を膝につき、律儀に頭を下げたのは営業部の笹部《ささべ》だ。確か久我と同じMRで、一之瀬の同期でもある。一之瀬とは同じ大学の出身らしく、今でも時々二人で飲みに行ったりする仲らしい。

そして何より、笹部は最初に秋人に弁当の依頼をしてきた本社の人間だ。

笹部は以前、大学病院の医師と診療所の医師の面会予定をダブルブッキングして上司から大目玉を食らったことがある。大いに憔悴《しょうすい》した笹部のために弁当を作って欲しいとまず一之瀬が秋人に声をかけてきて、笹部本人も藁《わら》にもすがる思いで頭を下げてきたものだから、やむなく弁当を作ってやった。その後秋人の弁当を食べた笹部が二人の医師の元へ謝罪に向かったところ、驚くほどスムーズに事態が収束したらしい。

端からさほど大事にもならず丸く収まる問題だったような気もするが、以来笹部は秋人の弁当をありがたがって、大きな商談の前など必ず秋人に弁当を頼んでくる。

「また弁当が必要になったのか？」

とんかつを食べつつ余計な前置きなしで秋人が問いかけると、笹部は首を横に振る。だが、それきり視線を落として何も言おうとしない。普段は体育会系らしく明朗に喋る笹部にしては珍しい反応だ。何か相談事でもあるのかもしれない。

秋人の元へやってくる者の中には、弁当を頼みがてら相談事を持ちかけてくる者も少なからずいる。他部署の人間相手なら逆に口が軽くなるのだろうか。あるいは話の間ほとんど口を挟まない秋人の地蔵のような反応や、いかにも口が堅そうな風情が悩みを打ち明けたくなる気持ちをそそるのかもしれない。

上司に対する不満だの部署の空気の悪さだの、秋人の方がそんなに喋って大丈夫なのかと心配になるほど赤裸々に語る者もいて、結果秋人は様々な部署の様々な人間関係を知ることになってしまう。秋人にとっては興味もない話なので聞いた端から忘れてしまうのだが、本社の人間の間では、秋人はあらゆる部署のあらゆる事情を掌握していると密かな噂だ。

さて今回はどんな悩み相談だろうと秋人が箸を置くと、笹部はちらりと秋人の顔色を窺った後、思い切ったように口を開いた。

「……一之瀬から聞いたんですけど、浅野さんて、久我さんの同級生だったんですよね？あの人一体どういう人ですか？」

秋人は眼鏡の奥で目を瞬かせる。つい先日も総務部の村上から同じような質問を受けたばかりだ。しかし楽し気に久我の名を口にした村上とは違い笹部の口調は少し剣を含んでいるようで、秋人は定食のトレイをテーブルの端に寄せ本格的に笹部と向き合った。

「どうと言われても、あの通りの男だ。そう漠然と尋ねられたところで私もこれくらいしか答えられないが、久我が何かしたのか」

回りくどいのは好まない秋人が単刀直入に尋ねると、笹部は少し言い淀んだ後、日に焼けた大きな手をテーブルに置いて落ち着かな気に指を組んだ。

「実は……久我さんが担当してる地区の売り上げが、前任者のときと比べてガクンと落ち込んでるんです」

深刻な顔をして何を言うかと思ったら。想像よりもずっとありふれた話に秋人は明らかに気の抜けた顔をする。

「まあ、会社を移ったばかりだしな。そうそう成果は上がらないだろう」

職場を変えたばかりとはいえ、久我のような要領のいい男が売り上げを落とすというのは多少意外だがまったくあり得ない話ではない。けれど笹部は憮然《ぶぜん》とした表情で、そうでしょうか、と否定気味に食いついてきた。

「営業部の皆もそうやって久我さんを庇《かば》います。でも、本当は久我さん、仕事の手を抜いてるんじゃないでしょうか。前は大手の外資にいたから、うちみたいな中小企業じゃそう必死になる必要もないとでも思ってるんじゃないですかね？」

「……そこまで言うからには、何かそう思うに至ることでもあったんだろうな？」

胸の前で腕を組み、幾分低くなった声で秋人は尋ねる。惚れた欲目とは知りつつ、久我のことを悪く言われるとあまりいい気分はしない。

久我辺りなら一発で秋人からにじみ出る不機嫌さに気づくところだが笹部はさほど他人の感情の機微に聡くないらしく、むしろ秋人が自分の話に興味を持ったとでも勘違いしたのか、張り切って身を乗り出してきた。

「大学病院で久我さんを見かけたことがあるんです。あっちは俺に気づいてなかったみたいですけど。そのとき見たんです。あの人、自分が担当する医師が廊下の向こうから歩いてくるのを見ても調剤薬局の若い女の子と喋るのに夢中で、その医師のことを呼び止めることもせず軽く会釈をしただけで終わらせたんです。夜に本社で久我さんと一緒になったから病院で見かけたことを話したら、担当の医師に挨拶に行ったけど忙しそうだから会えなかった、なんてしゃあしゃあと言うんですよ。実際は廊下ですれ違ってるのに。普通はすぐにでも呼び止めて名刺交換くらいするものじゃないですか？」

秋人が口を挟む暇も与えず一息で言い放ち、どうだとばかり笹部は唇を真一文字にする。

確かに久我の行動は褒められたものではないが、それだけのことでここまで笹部が憤る理由がわからず秋人は首を傾げた。笹部が特別正義感の強いタイプだとも思えず秋人が黙り込んでしまっても、笹部は気にせず話し続ける。

「社内の仕事に対しても不真面目です。うちの部に今年入社したばかりの娘がいるんですけど、久我さん最近その娘と一緒に会議室にこもりっぱなしで……何してるのか訊いたらＭＲの基礎を教えてあげてるんだなんて言ってたけど、部屋の中からずっと笑い声ばっかり聞こえてきて実際は何してるんだか。ちょっと前までは俺がその娘の面倒見てあげてたんですよ？　それなのに――……」

微かに苛立《いらだ》った口調でそこまで言われて、ようやく秋人にも合点がいった。どうやら笹部は入社以来自分が面倒を見ていた後輩を久我にとられてしまったのが面白くないらしい。

ほとんど言いがかりではないかと、秋人は脱力気味に肩を落とす。

「久我はチャラチャラしているように見えて、やることはきちんとやる男だぞ」

一応そう声をかけてみるが、笹部は見るからに疑わしそうな顔つきだ。

「……そうでしょうか？」

「まだうちに入って二ヶ月も経っていないだろう。本当に不真面目かどうかはもう少し様子を見てからでもいいんじゃないか？　見た目よりは真面目な男だ」

それでも笹部はしばらくああだこうだと久我に難癖をつけていたが、秋人が自分の意見に賛同してくれないと見ると、「浅野さんがそこまで言うなら……」と幾分、消化不良気味に席を立った。その背中を見送って、秋人はひとり溜息をつく。

（久我は調子がいいからな。時々ああいう勘違いをされる）

そういえば先日も村上から、久我は遊び慣れている感じがする、と言われた。

ボールペンが切れたと足繁く総務部を訪れる久我は、毎度楽しく女子社員たちとお喋りをして帰っていく上にその頻度が高いので、実はサボっているだけではないかと村上は疑っていたようだった。

（……まさか本当にサボっているわけではないだろうな？）

学生時代の久我は遊んでいるように見えて部活も勉強もきっちりこなす男だった。女性にモテるとはいっても相手から言い寄られるばかりで自分から手を出すことはなく見た目よりずっと硬派だったのだが、この十年の間に変わってしまった可能性も否めない。

一瞬、もう少し真面目に笹部の話を聞いてやるべきだったかと思いかけたが、秋人は軽く首を振って胸に浮かんだ疑惑を打ち消し、席を立った。

本社を出て研究所に入ってもまだ久我のことを考えていた秋人は、何気なく通り過ぎようとした休憩所で久我の姿を見つけてぴたりと足を止めた。

自動販売機の前に置かれたガラスのテーブルに資料を並べている久我の後ろ姿を見た途端、自然と久我の匂いが鼻先に蘇って秋人はグッと腹に力を込めた。それでなんとかくしゃみをやり過ごし、久我が腰かけるソファーの前に無言で腰を下ろす。

顔を上げた久我は、秋人の顔を見るなり、よう、と笑った。

どきんと心臓が高鳴り、頬も少しだけ熱くなったが、恐らく仏頂面は崩さずに済んだと思う。十年ぶりに久我と再会して改めて自分の恋心を確認してから、少しだけ久我の前で平静を装えるようになった。高校時代の対応に戻った感じだ。

「こんなところで何をしている？」

「ん、約束の時間よりちょっと早く着いちゃったから、少し勉強でもしようかと思ってさ」

言われてテーブルに目を落とすと、「薬事工業生産動態統計調査」や「医薬品・医療機器産業実態調査」など、やたらと堅苦しいタイトルの統計資料が並んでいる。

「……厚生労働省が発表している資料にまできちんと目を通しているのか」

「まあね。あんまり読みやすくはないけど、うちの業界の置かれてる状況を俯瞰《ふかん》するには必要な資料だから」

久我はさらりと言ってくれるが、一体営業部でどれだけの人間がこの手の資料に目を通しているだろう。秋人は腕を伸ばしてテーブルの上の紙束を手に取る。

「こっちは業界新聞か。日刊薬業、薬事日課……薬局新聞なんていうのもあるんだな」

「こういうのも話のネタに読んどくといいんだよ」

営業として日々情報収集に努めるのは当然のことかもしれないが、それにしてもこれだけの資料を毎日読み込むのは骨だろうと秋人は思う。さらに視線を転じると、テーブルの端に久我の名が印刷された大量の名刺が積まれているのが目に入った。何気なく手に取って裏返すと、余白にびっしりとメモのようなものが書き込まれていてギョッとする。

「久我、これは――……」

「ああ、俺まだこの地域に来てから日が浅いだろ。病院とか回ってもなかなかドクターと会ってもらえないし、名刺だけ置いていっても見てもらえない可能性高いから、ちょっとしたコメントを書くようにしてるんだ」

秋人が来る前にも何か書いていたのか、久我は軽く右手を振ってみせる。

びっしりとコメントが書き添えられている名刺の山の横には、インクの切れたボールペンが転がっている。そのとき初めて秋人は、久我がボールペンを求めて頻繁に総務部へやってくるのはサボりの口実でもなんでもなく、実際ペンを切らせているからなのだと知った。

「まずは顔と名前を覚えてもらわないと。ちゃんと話聞いてもらえるのはその後」

さも当然のことのように言って久我は大きく伸びをする。営業の鏡だな、と思う反面、ならば先ほど笹部から聞いた話はなんだったのだと思わざるを得ない。

「だったら、大学病院で目当ての医師に挨拶もせずに帰ってくるというのは……？」

天井に拳《こぶし》を突き上げていた久我が、ん？　と怪訝そうな表情を浮かべる。

「それ、なんの話？」

「え、いや、営業の人間が、お前は担当医師と廊下ですれ違っても会釈だけで終わらせてしまったと、そんなことを言っていて……」

喋っている途中で、これは久我本人に伝えていい話ではなかったと気がつき秋人の声はどんどん尻すぼみになる。久我は例によってジッと秋人の目を覗き込むと、片方の眉だけ軽く上げた。

「誰からかは知らないけど、なんかいろいろ吹き込まれたっぽいな？」

ここは下手な言い訳をしない方が賢明だと察して秋人は口を閉ざす。久我もそれ以上の追及はせず、頭の後ろで手を組むと溜息混じりにソファーの背もたれに身を預けた。

「そりゃ名前売り込みたいのは山々だけど、相手の状況もちゃんと見ないと。明らかに睡眠不足の青白い顔でふらふら歩いてきて、こっちの顔見るなり舌打ち寸前みたいな顔されたら大人しく引き下がった方が無難だろ？　実際会釈で終わらせたらホッとした顔してたし、次に会ったときは前回ろくに対応ができなくて悪かった、なんて言われた」

「……アポイントをとって訪ねていった場合も、相手の様子に応じてそうやって早々に帰ってくることもあるのか？」

「そりゃあるよ。山ほど資料抱えていったけど五分で面会終わるなんてことも結構ある。でもそこでゴリ押ししたところで、あんまりいいことはない」

だらしなくソファーに凭れかかりながらも、久我の言葉には確信めいた強さがある。長い時間かけて試行錯誤を繰り返してきた人間が、培った経験や知識から得た情報を口にしているときのきっぱりとした調子だ。

「だったら、お前の担当している地域の売り上げが落ちているというのは？」

「ひとりの医者のところにいろんな会社から何人もＭＲが売り込みに行くからね、担当者が替わるタイミングで仕入れ先を変えるなんていうのは珍しくもない。引き継ぎのタイミングで売り上げが落ちちゃうのは、残念だけどある程度想定済み。リカバリーはこれから」

秋人の言葉に怯む様子も見せず久我は淡々と切り返す。すべて想定の範囲内と言ったところか。そのことにホッとすると同時に、一瞬だが久我の怠惰を疑ってしまったことが申し訳なく、秋人は小さな咳払いをすると「ちょっと待ってろ」と言い置いて研究室に戻った。

間をおかずして戻ってきた秋人が久我に差し出したのは、小ぶりな紙袋に入った弁当だ。今朝早く起きて久我のために作ったものである。

紙袋の中を覗き込んだ久我は、整った顔にパッと子供のような笑みを浮かべた。

「これ俺の弁当？　うわ、ありがとう！　早速ここで食ってもいいかな」

止める理由もなく秋人が頷くと、久我は本当にその場でいそいそと弁当箱を開け始めた。そのまま立ち去ってもよかったのだが、なんとなく久我の反応が気になって秋人も向かいのソファーに腰を下ろす。

「うわー！　俺の好物ばっかり！」

弁当の蓋を上げた途端嬉々《きき》として叫んだ久我に秋人は耳を赤くする。十年経った今も自分が久我の好き嫌いを覚えていたことがばれないことを願うばかりだ。

「ピラフとか久しぶりだなぁ。……うん、これ食ったら午後も仕事先回れそうな気がする」

「エビには疲労回復効果があるからな。よく噛んできっちり吸収しろ」

「その解説も久しぶり。そういうの聞くとますます効きそうだ。正直最近、心折れそうでさ」

何気なく口にされた言葉を、けれど秋人が聞き逃すはずもない。どういう意味だと尋ねる代わりに久我の顔を凝視すると、久我は箸でハンバーグを切りながら小さく肩を竦めた。

「初対面の相手の前だと、多少幻聴が激しくなる」

久我の口から久々に幻聴の話が出た。前回相談されたとき以来だろうか。

秋人も気になってあの後医学書など読んでみたが、やはり専門分野ではないのでわかったことなどたかが知れていた。力になれない自分をふがいなく思いつつ、周囲に気を配り声を潜めて尋ねる。

「……幻聴のこと、上司にはもう言ったのか？」

「まさか。幻聴が原因で前の会社辞めたこととか隠して入社したんだ。もう本当のことなんて言えないだろ。だからこの話は他言無用。お前だから言ったんだからな？」

ハンバーグを頬張りながら茶目っ気たっぷりに笑って久我は言うものの、ふと目を落とした顔は深刻で、きっと秋人が思う以上に本人は幻聴に苦しんでいるのだろう。

「幻聴というのは、具体的にどういう言葉が聞こえるものなんだ？」

解決策を見出すことはできなくとも、せめて話を聞くことで久我の気が楽になればと秋人は真摯《しんし》に尋ねる。久我もそういう秋人の心情を悟ったのか、弁当をつつきながらゆっくりと言葉を探し始めた。

「そうだな……一番よく聞こえるのは『お前なんかに何がわかる』って、そういう類《たぐい》かな。一介のMRが何をわかった顔でここまで来たんだって、そういうの」

「知識不足だと？」

「うん。でも全部幻聴だっていうのはわかってるんだ。ドクターたちは皆こっちを見て黙って話を聞いてくれてる。わかってるのに自分の言葉の合間に幻聴が入る。本当にお前は薬のことをわかってるのか？　正しいことを言ってるのか？　所詮現場を知らない人間の付け焼き刃に過ぎないんじゃないか？　って」

マヨネーズで和えたブロッコリーを箸でつまみ上げた久我は、唇の手前までそれを運んだ

ところで手を止めて視線をさまよわせた。

「自分の声が、全部幻聴に跳ね返される。喋っても喋っても相手まで届かない。そういうときは自分の言葉がとことん無力に思えて、それっきり言葉が出てこなくなりそうになる」

そう呟いた久我の目は、ひどく遠い。かつて見たことのない空虚な目に怯んでしまいそうになり、つい久我を呼ぶ声がすがるような響きを帯びてしまった。久我は我に返った顔になると、すぐさまいつもの華やかな笑顔を浮かべる。

「一応その辺の対応策は練ってるから大丈夫。いきなりドクターの前で黙り込んだりしちゃ困るから、事前に調剤薬局とかで職員と世間話しながらドクターの趣味とか聞き出しとく。ヤバくなったら一度仕事の話から離れると少しはマシになるから、話の接《つ》ぎ穂《ほ》にね。業界の小ネタとかも結構有効。だから業界新聞にも毎日目を通してる」

再び弁当を口に運び始めた久我の前で、秋人はそっとテーブルに視線を転じる。積み上げられた膨大な資料は、そうした不安を少しでも払拭《ふっしょく》しようという久我の懸命な努力の証《あかし》に見えた。きっと調剤薬局でスタッフと話し込むのも久我にとっては大事な情報収集の一環で、端から見ているほど楽しいものでもないのだろう。

それなのに、村上や笹部の話を聞いただけで久我は変わってしまったのではないかなんて少しでも疑った自分が恥ずかしかった。

久我は自分の言葉が無力に思えることがあると言ったが、秋人はむしろ久我の言葉に救われてばかりだ。せめてそれだけでも伝えなければと、秋人は居住まいを正した。

「久我。小学生の頃、私が熱を出して保健室で横になっていたときのことを覚えてるか」

「ん、小五のときの？　もちろん覚えてるよ」

もちろん、と文頭につくことに多少の面映ゆさを感じたのは面に出さず、秋人は厳しいくらいの口調で続ける。

「あのときお前は、薬だと言って私にラムネを食べさせたな。これを飲めば大丈夫だと」

ドキつく胸を抑えようとして声音を固くしたら責めるような口調になっていたらしく、久我は少しばつの悪そうな顔で肩を竦めた。

「だってお前薬飲んでないって言うし、今にも死にそうな顔してるし、子供心に何かしなくちゃいけないと思って……」

「実際あれで、私は随分楽になった」

言い訳めいた久我の言葉をバッサリと遮ると、久我はやにわに拍子抜けした表情になった。怒られるのかと思った、とぼやきつつブロッコリーを口に運ぶ久我に、秋人は真剣な表情で言い募る。

「あのとき、本当に不思議だった。飲まされたのは薬ではないのにどうして効果があったのか。ラムネにそうした薬効があるのか、大丈夫だと言ってくれたお前の言葉のせいなのか、はたまた何か口に入れることに意味があったのか——。気になって、実験してみた」

真剣極まりない秋人の表情に気圧されたのか、久我の喉が小さく上下する。

「あの後すぐにサッカークラブで試合があったのは覚えているか。そのとき私はお前にカツサンドを作ってやっただろう」

「ああ、そうそう、最初はそれだったよな。いきなりカツサンド持ってきて、カツだから勝つって……え、あれ何かの実験だったの？」

「そうだ。これを食べれば必ず勝つと言い添えれば本当に勝つのかどうか、実験してみた」

はぁ、と久我の口から間の抜けた吐息が漏れる。その表情は尊敬半分、呆れ半分といったところか。

「お前本当に、なんか疑問に思ったことはとことん考えないと気が済まないんだな……」

「性分だ。放っておけ。でもそのときはわからなかった。試合は勝ったがチーム戦だからな。他のメンバーとの兼ね合いもある。だからその後も何度か実験を続けた」

「あ、だから部活で試合がある前は必ずカツサンド作ってたのか？」

「そうだ。それで、わかった」

きっぱりと断言すると、さすがに興味を惹かれたのか箸を取る久我の手が完全に止まった。

秋人は軽く身を乗り出し、今まで誰に告げることもなかった考察結果を披露する。

「効果があったのは、言葉だ。お前の言葉でメンバーの顔つきが変わった」

「え、俺？」

素《す》っ頓狂《とんきよう》な声を上げた久我に、秋人は力強く頷き返す。

高校に上がってからの秋人は単にダジャレで毎回カツサンドを作っていたわけではない。高校生の半端な知識なりに、スポーツをする前に食べるべきものを選んだつもりだ。そしてその内容を、久我は毎回丁寧に他のメンバーに伝えていた。

肉は油で揚げずに焼いているから胃にもたれない。厚切りのパンはすぐにエネルギーに変わる。玉ねぎの匂いにはリラックス効果がある。

実際それらの食材になんらかの効力があったというよりは、「だから大丈夫だ」と力強く言い切る久我の言葉でメンバーたちの顔つきが変わっていくのを、秋人は試合のたびに目の当たりにした。

「あのとき、確信した。お前の言葉には他人を納得させる力がある。お前が確信を持って口にする言葉で救われる人間がいる」

膝の上で拳を握って秋人が断言すると、久我の瞳が小さく揺れた。迷いを感じさせるその目を覗き込み、秋人はテーブルの上の資料を指差す。

「迷うな。自信を持て。これだけの資料を毎日読み込んで得た知識だ。付け焼き刃なんかじゃない、お前はきちんと薬の特性もリスクも現場の状況も理解してる」

「……そう、だといいんだけど」

珍しく心許ない声で呟いて久我は目を伏せる。それを秋人は歯がゆい思いで見守ることとしかできない。

自分も久我のように、大丈夫だ、という一言で相手に安心感を与えられたらいいのに。久我はつい先日だって、熱に浮かされ仕事で迷う自分を力強い言葉で楽にしてくれたのに。

何か自分にできることはないのかと忙しなく思考を巡らせ、はたと秋人は思い至る。

「……わかった。ちょっと待ってろ」

低く呟くなり、秋人は勢いよくソファーから立ち上がって研究室へと駆け戻る。

数分後、目当ての物を握り締めて休憩所に戻ると、すでに弁当を食べ終えた久我が大人しくソファーに座って秋人の帰りを待っていた。

秋人はガラスのテーブルの上に銀のシートに入った錠剤をザラリと広げた。

「……何これ？」

一見すると市販の風邪薬のようなそれを手に取って、久我は不思議そうに天井にかざす。

ドカリとソファーに腰を下ろした秋人は、研究室まで走って往復したおかげで軽く息を乱しながら答えた。

「開発中の新薬だ。といっても、私が個人的に研究をしているもので市場はもちろん、どの研究室でもまだ公には扱われていない」

ここからは一気に言うべきだ。秋人は膝に両手をつき目を閉じると、息継ぎなしでまくし立てた。

「幻聴のことも私なりに調べてきた。根本的な原因は不明だが、神経伝達物質がインバランスになる脳の代謝異常と、ストレスなどの環境因子が相互作用して発症することがあるらしい。一般的にはドーパミンの遮断剤か安定剤辺りを投与すれば効果が出るそうだが……お前、一時期医者にかかっていたと言ったな」

「うん、精神科にね。薬も出してもらってた」

「きっと医者が出していたのもその辺りの薬だろう。だが効果はなかった。だから少しアプローチを変える。現在知られているドーパミンの受容体は五つあるが、主に二群に分けられる。それら二つは興奮性と抑制性に作用すると論じられることが多いが、実際にはそれほど単純なものでもない。興奮性のものはドーパミンD1様受容体ファミリー、抑制性のものはドーパミンD2様受容体ファミリーというが、このドーパミンD2様受容体拮抗《きっこう》作用を持つ物質が今までお前が処方されてきた薬と考えられて――」

「ちょ、ちょっと待った！　あんまり専門的すぎると俺わかんないから！」

立て板に水のごとく専門用語をちりばめた言葉を語る秋人を、慌てた様子で久我が止める。

秋人は眼鏡のブリッジを指先で押し上げ、当然だ、と胸中で呟いた。端からわからせるつもりなど毛頭なく、むしろ煙に巻こうとしているのだから。

長く目を瞑《つぶ》ったまま喋っていた秋人は瞼を上げると、久我の手にしたシートに視線を定め、なるべくそれらしく聞こえるように言葉を選んで続けた。

「言ってしまえば、これまでお前が処方されてきた薬とは脳内で作用する場所が少し違う。以前の研究室で私が長く関わっていた薬だ。自分の手を離れるのが忍びなく、個人的に研究を進めてきた。心配しなくてももう非臨床実験は済んでいる。もうすぐ臨床実験が始まると一之瀬も言っていた。リスクは少ない。だから、もしよければ使ってみないか」

久我の指先がゆっくりとシートの縁を辿る。爪の長い形のいい指を目で追いながら、秋人は言い募った。

「それなりに改良を加えてきた。効果はある。その薬さえ飲んでいれば、格段に幻聴は抑えられるはずだ」

秋人は薬のシートからゆっくりと視線を上げると、戸惑う表情でこちらを見る久我の目を真正面から覗き込んだ。

「お前の言葉には力がある。それは私が保証する」

自分の言葉は無力だなんて久我に思って欲しくなかった。その一心で、秋人は熱心に言葉を重ねる。

「大丈夫だ。お前の言葉は、真っ直ぐ相手に届く」

事実自分の胸には届いた。久我の言葉は大きな力になった。

久我から目を逸らさぬまま、大丈夫だ、と再三繰り返すと、シートを握る久我の指先に力がこもったのがわかった。久我の瞳からわずかではあるが迷いが薄れる。

「……わかった。それならこの薬、使わせてもらう」

「そうしてみてくれ。食後に一錠。一日三錠飲めばいい」

「うん、ありがとう」

目元を緩め、久我は素直に礼を述べる。まるで患者が医師を見るときのような信頼のこもった目に、さすがに秋人の視線が落ちた。

実際には、久我に手渡した薬には一切有効成分など入っていなかったからだ。


臨床実験は時として、偽薬と呼ばれる薬を使うことがある。

被験者を二つのグループに分け、見た目はまったく同じだが一方は有効成分を含む新薬、もう一方は有効成分を含まない偽薬を用意する。どちらも新薬の実験だと説明して薬の効果を体感してもらうと、新薬を服用したグループはもちろん、まったく有効成分の入っていない薬を与えられたグループの中にも効果を実感したという者が現れたりする。これが世に言うプラシーボ効果というやつだ。

終業時刻が迫る頃、秋人は自分のデスクの引き出しから束になった薬のシートを取り出して溜息をついた。

昼間久我に渡したのは、まさにこの偽薬だ。服用したところでなんら人体に影響はない。

プラシーボ効果は人によって効力が異なる。子供の頃の秋人は久我の言葉でラムネですらも風邪薬のような効果を得ることができたが、果たして久我はどうだろうか。

（私の言葉は、どこまで久我に効くだろう……）

手の中で薬のシートを弄《もてあそ》び、秋人は何度目になるかわからない溜息をつく。少しでも久我の力になりたいと勢いで偽薬を渡してしまったが、効果のほどは未知数だ。

今さら考え込んだところで自分の突飛な行動をなかったものにできるわけもなく、いい加減帰り支度を始めようと秋人が席を立ちかけたときだった。

研究室の扉が外から勢いよく開かれ、足音も高く室内に誰かが入ってきた。音に反応して振り返った秋人は、そこに久我の姿を見つけて目を瞠《みは》る。

室内をぐるりと見渡した久我は、秋人と目が合うなり大股に秋人のデスクまで歩み寄って開口一番、こう言った。

「秋人！　あの薬効いたぞ！」

腹の底に響くような久我の声に、まだ研究室に残っていた他のメンバーもギョッとした顔で振り返る。しかし久我は他の者など目に入っていない表情でさらに何か言い募ろうとするので、秋人は慌てて久我を黙らせると研究室の外へ引っ張り出した。

自動販売機が並ぶ休憩所までやってくると、久我は待ちきれなくなったように前を行く秋人に訴えた。

「秋人、昼間お前にもらったあの薬凄いぞ！　凄く効いた、全然幻聴が聞こえなかった！」

静かな廊下に久我の興奮しきった声はよく響き、秋人はわかったというふうに何度も頷いた。本来存在しないはずの薬の話を声高にされ、誰かの耳に入ったら面倒なことになる。

いつもなら敏感に秋人の顔色を読む久我だが、今回はよほど気が逸《はや》っているのかなかなか声のトーンが落ちない。有効成分などまるで含んでいない偽薬だが、久我はしっかりと暗示にかかったらしい。

「凄いな、あれ。お前が作ったんだろう？　なのにどうしてお前創薬のチームから外れたんだ？」

「それは、チームの編成上やむなく……」

「あ、所長がどうとか言ってたか？」

そうだ、と頷きかけて秋人は慌てて首を左右に振った。コネの話は確たる証拠があるわけではないのだからと言葉を飲む。

「それよりも、私が個人的に薬の研究をしていることは他言するな」

声を潜めて秋人が言い含めると、久我は意外そうな顔で眉を上げた。

「どうして」

「研究者が個人的に研究を進めることに上はあまりいい顔をしないからだ。研究室の備品や設備を使って、本来任された仕事以外のことをやっているんだからな」

実際創薬のチームにいた頃も、研究者としての個人的好奇心から商品価値のない化合物を独自に研究し続け、上からきついお叱《しか》りを受けた者を秋人は目の当たりにしている。

「今の私は創薬のチームですらないんだ。私のやっていることは余計なことでしかない」

「でも……」

「私だってお前の幻聴のことを黙っていてやっているだろう」

卑怯とは思いつつ幻聴のことを引き合いに出すと、渋々ながら久我も納得したようだ。

久我は気を取り直すように深呼吸して、秋人を真っ直ぐに見下ろした。

「ともかくあれは、凄く効いた。ありがとう、本当に助かった」

礼を述べ、久我は真摯に頭を下げる。

実際は偽薬を渡したに過ぎない秋人は、なんだか久我を騙《だま》しているようで心苦しさを感じ、両手を白衣のポケットに入れて視線を落とした。それでも、自分が久我の役に立てるのなら多少の息苦しさなど呑み込もうと覚悟を決め、もう一度久我を見上げる。

「……薬が切れたらまた私のところに来い。症状の経過も教えてくれ。私もデータをとらせてもらう」

わかった、と頷いて久我は柔らかな前髪の下で目を細める。

ただでさえ久我の目を正面から見ると心臓が跳ね上がるのに、今は久我に嘘をついている後ろめたさも手伝って、秋人はやっぱりすぐに視線を落とした。

昼休み、研究所の廊下に軽やかな足音が響く。浮かれたその足取りが自分のものだと気づいて、秋人は慌てて歩調を緩めた。

歩きながら、何気なく口元に手を当ててみる。どうやら表情は特に変わっていなかったようだが、気を抜くと口元が緩んでしまいそうでいけない。

ここ数日、自分でも気色悪いほど機嫌がいい理由はわかっている。薬を求め、久我が定期的に自分の元へやってくるようになったからだ。

相変わらず久我の顔を見ると子供の頃の奇病の名残《なごり》で表情が強張ったりくしゃみが出たりすることがあり、それをごまかすためにことさらぶっきらぼうな態度になってしまうことも間々あるが、内心ではこうして頻繁に久我の顔を見られることが嬉しくて仕方なかった。

今日は久我が薬を取りに来る。外回りが終わり次第研究所に向かうと昨日の夜にメールがあって、それも秋人の足取りが軽い理由のひとつだった。

偽薬を渡している罪悪感は消えないものの、それよりは幻聴が治まってきたおかげか最近久我の笑顔が晴れ晴れとしていることの方が秋人にとっては重要だ。

意識していつもよりゆっくり廊下を歩いていると、向かいから宇多野がやってきた。宇多野は秋人に気づくと、例によって哀切混じりの笑顔をクシャッと歪めて秋人を呼び止める。

「やあ、浅野君。最近仕事の方はどうだい……？」

秋人は白衣のポケットから手を出すと、礼儀正しく宇多野に会釈を返した。

「大分慣れてきたところです。そちらのチームにもいくつか臨床結果を回していますが、何か不手際はありませんでしたか？」

「いやいや、君に限って、まさかそんな」

言葉の途中で宇多野がそっと秋人の顔色を窺ってくる。宇多野は深い皺に囲まれた小さな目をしばしばと瞬かせ秋人を見ると、秋人が強がっていないと判じたのか少しホッとした表情を浮かべた。

会うたびにこうして自分を気にかけてくれる宇多野を一瞬でも恨んでしまった己が恥ずかしく、秋人はそっと姿勢を正す。

「新しいチームに慣れたのはいいけれど、真面目な君のことだから根を詰めすぎているんじゃないかと、それも心配でね」

「大丈夫ですよ。昔ほど残業もしていません」

「そのわりには、遅い時間に研究所で君を見かけることもよくあるから」

その言葉に秋人が一瞬口ごもってしまったのは、仕事のためではなく久我の来訪を待って遅くまで研究室に残ることがここのところ何度かあったからだ。

とっさに上手い切り返しができなかった秋人を見上げ、宇多野はわずかに眉を顰めた。

「……もしかして、個人的に以前の研究を続けているのかい？」

そこでまたギクリとしてしまったのは、実際にはやっていなくとも久我にそんな嘘をつき続けていたせいだろう。まさか、と否定した声は微妙に上ずってしまい、我ながら隠しごとをしているふうにしか聞こえずますますうろたえる。

けれど宇多野は秋人を責めるでもなく納得顔で頷くと、秋人の腕を軽く叩いた。

「別に咎めるつもりはないんだよ。君は本当に研究熱心だったたし、あの異動は突然だった。すぐには気持ちが切り替わらなくても仕方ないさ」

「いえ……私は、本当に……」

「大丈夫だ。一刻も早く君がうちの研究室に戻れるよう、私も尽力しているからね」

そう言われてしまえば秋人も、ありがとうございますと頭を下げることしかできない。宇多野は幾度か頷くと、いつものように白衣のポケットからザラリと飴を取り出した。

「飴、食べるかい？　どれがいい？」

「ありがとうございます。でしたら……これを」

相変わらずパッケージのバラバラな飴の中から、秋人は黒地に銀の模様が入った飴を選んで取った。黒飴だと思い込んで口に入れると意外にもチョコレートの味がして、意表を突かれた秋人は目を白黒させる。宇多野の差し出す飴は包み紙くらいしか味を判断する基準がないので、ときどき想像とまったく違う味が口に飛び込んできてギョッとするのだ。

宇多野もまたそんな部下たちの表情を楽しんでいるようで、妙な顔をする秋人に楽しそうな笑みを向けると「あんまり無理はしないようにね」と言い残して去っていった。

昼食の前に予想外に濃厚な餡を口にしてしまい、昼はさっぱりしたものでも食べようと食堂へ向かった秋人は、研究室の玄関ロビーで今度は一之瀬と遭遇した。

一之瀬はどうやら秋人を待っていたらしく、一直線に秋人の元までやってくる。

「浅野さん、今日、昼飯一緒にいいですか？」

いつもは陽気な一之瀬の表情が、今日はどことなく固い。

こんな顔をつい最近もどこかで見たと思いつつ、断る理由もなく秋人は一之瀬と連れ立って社員食堂へ向かう。その顔が先日見た笹部と同じだと気づいたのは、秋人が冷しゃぶ定食を食べ終えるや否や、一之瀬が待ちかねた様子でこう切り出したときだ。

「笹部から聞いたんですけど、久我さん一時、担当地域の売上相当落としたらしいですね」

食後に温かい緑茶を飲みながら、らしいな、と秋人は驚きもせず答える。

「さすが、もう知ってるんですか」

感嘆混じりの声で言われても秋人には何がさすがなのかさっぱりわからない。社内では各部署に精通した情報通と秋人が目されているのを知らないのは当の本人ばかりだ。

「その久我さんなんですけど、ここ最近売り上げが顕著に伸びてるらしいです。さすが、元大手外資の底力というか」

「久我本人の努力の結果だろう」

一之瀬の言葉に自分のことでもないのに得意気な声が漏れてしまい、秋人は慌てて咳払いをした。

ようやく新しい環境に慣れてきたのか、それとも自分の渡した偽薬が少しは効いているのか、どちらにせよ久我が本領を発揮してきたのなら何よりだ。けれど一之瀬はどこか面白くなさそうな顔で、その表情に先日見た笹部の顔が重なった。

嫌な予感がする、と思った直後、一之瀬がグッとテーブルに身を乗り出して声を潜めた。

「実は……ここにきて、久我さんに産業スパイの疑いがかかってます」

秋人は口元まで運んでいた湯呑《ゆのみ》をいったん止めて一之瀬の顔をまじまじと見詰め返す。

産業スパイなどという日常生活ではあまり使わない単語を口にした一之瀬は至って真剣な表情だ。どうしてそんな荒唐《こうとう》無稽《むけい》な話をこんなにも真面目な顔で披露できるのだろうと、秋人は呆れと尊敬の入り混じる表情で呟く。

「……映画の観《み》すぎじゃないか？」

「危機感足りないですよ、浅野さん！　このご時世、情報よりも貴重なものなんてそうそうないんですからね！」

子供のようにむきになる一之瀬に閉口し、秋人は肩を竦めて先を促す。一之瀬はそれこそ先日の笹部と同じく、鼻息も荒く語り出した。

「そもそもですね、大手の外資系メーカーからうちみたいな中小企業に転職してきたっていうのがおかしいんですよ。うちなんて大した給料も出ないし、もう何年も新薬だって出してないんですから」

「でも、年末には新薬のリリースが決まってる」

落ち着かせるつもりで秋人が言い添えると、一之瀬は逆に興奮した面持ちになって、それです！　と椅子から軽く腰を浮かせた。

「久我さんは年末にリリースされる新薬の情報を狙《ねら》ってうちに来たんじゃないかと……！」

「さすがに強引すぎる推測だな。大体こんな発売間近に情報だけ盗んだところで、うちより早く新薬をリリースするのは不可能だろう」

「でも薬の詳しい情報さえ摑んでおけば、いち早くゾロ新を発売することはできますよね。そうなったらうちは大打撃ですよ」

思わぬ切り返しに、秋人は眼鏡の奥で目を瞬かせた。

一之瀬の言うゾロ新とは、新薬の発売後ゾロゾロと発売される類似品のことだ。

通常新薬は特許で十年は守られるのだが、同じような薬でも化学構造をわずかに変えることで新薬と認められて世に出てしまう薬もある。化学構造を多少いじったところで有効性や副作用はさほど変わらない上、先発品より圧倒的に開発費が少ないので価格はぐっと抑えられる。

一之瀬の言う通り、長い月日と開発費をかけて十年ぶりにリリースした新薬の後発品が、

たった数ヶ月後に低価格で市場に出回ってしまったりしたら自社にとって大きな打撃だ。

　産業スパイに新薬の情報を奪われることはそういうリスクも伴うのだな、と久我のスパイ疑惑抜きに秋人が考えていると、一之瀬はさらに口調を熱っぽくさせた。

「それに、うちの研究室には浅野さんが残してくれた化合物の研究が残ってます。あれは治験もまだですけど、それでも商品化の可能性はかなり高いって言われてます。一刻も早く情報を得ておけば、こちらはうちに先んじてリリースされる可能性もあるじゃないですか」

「まあ……可能性としてはな……。それで？　どうして久我がスパイだと思うに至った？」

　一之瀬の言うことは確かに筋が通っている。だが、単に大手から転職してきたという理由だけで久我を産業スパイと疑う理由がまだ見えない。

　どこまでも冷静な秋人の口調に多少怯んだ様子を見せつつ、一之瀬は再び声のトーンを落とした。

「実は久我さん、最近よくうちの研究室に来るんです。それで、浅野さんが残していった化合物のことについて聞いてくるんですよ」

　これにはさすがに虚を衝《つ》かれた顔をした秋人を見て、一之瀬は俄かに勢いづく。

「おかしいと思いませんか？　ＭＲがまだ商品化もされてない薬のことを聞きに来るなんて。本人は勉強のため、とか言ってましたけど、そんなの学術部に任せておけばいいじゃないですか。嫌でも毎日のようにセミナー開いてるんだから」

そのことなら確かに秋人も思ったことはあった。研究所でMRが得られる情報などさほど有益なものとも思えない。

「最近じゃ研究室に入り込んで報告書とか見てるんですよ？　おかしくないですか？　一体なんの勉強してるんだって思いません？」

「まあ、思わないでもないが。でも勝手に研究室に忍び込んでこそこそ資料を見ているわけじゃないいんだろう？　誰かが迎え入れているなら構わないいんじゃないか？」

研究室のメンバーの目があるところで見ている分には問題ないのではないかと続けようとしたが、一之瀬はなぜか見る間に不貞腐れた顔になってしまう。

「……最近では安住《あずみ》さんと仲良くなって、彼女がいるときは大抵顔パスですよ」

そこまで言われ、ようやく秋人は一之瀬の不機嫌の理由に思い至った。

安住は宇多野の研究室の紅一点で、一之瀬の後から入ってきた新人だ。前々から一之瀬が安住に目をかけていたことは、その手の事情に疎い秋人でも知っている。

一之瀬と笹部が同じような顔をしている理由にも合点がいき、秋人は天井を見上げて大きな溜息をついた。

（要するに久我は、またしても他人の恋路を邪魔したわけだな）

笹部のときといい今回といい、つくづく女絡みでいらぬやっかみを受ける男だ。

眉を寄せて目頭を押さえる秋人に、一之瀬はさらにまくし立てる。

「それに久我さん、最近よく氷室所長に呼び出されてるみたいなんです。おかしくないですか？　所長がＭＲ呼びつけるなんて。もしかすると上の人たちはもう久我さんの尻尾《しっぽ》を摑んでるんじゃないかって、もっぱらの噂ですよ」

秋人は目頭に当てた手を下ろすと、一之瀬の興奮しきった顔を眺めて首を傾けた。

確かに久我が氷室に呼び出されているというのは気になるが、大方研究所を無意味にうろうろしすぎて叱られた程度ではないかという気もする。それに、もっぱらの噂、というのもどの程度のものなのかよくわからない。せいぜい一之瀬と笹部の間だけで盛り上がっている邪推のような気もしなくはない。

話全体がどうにもこうにも胡散臭《うさんくさ》く、芳しくない反応しかできない秋人をよそに、一之瀬は真顔でひそひそと秋人に耳打ちしてくる。

「浅野さんも、久我さんから新薬のことについて何か訊かれませんでした？　同級生のよしみで狙われてるかもしれませんよ？」

さすがに唇から溜息が漏れ、秋人は会話を断ち切るように定食の皿の載ったトレイを手に席を立った。

「そんな馬鹿馬鹿しいことを考えている暇があったら、仕事の上で安住さんにどんなフォローができるかでも考えたらどうだ」

「な、なんでそこで安住さんが出てくるんです！」

安住のことで自分が久我をやっかんでいる自覚がないのか、妙に裏返った声で反論を試みる一之瀬をその場に残し、秋人は食堂を後にした。

（……久我にはもう少し女性への接し方を考えるよう言うべきかな）

人当たりがいいのは何よりだし、そうやって話をしながら仕事に必要な情報収集をしているのもわかっているが、それでも厄介ごとを避けるために久我はもう少し身の振り方に気をつけた方がいいようだ。

今夜薬を渡すときにでもそう忠告したいところだが、下手をすると言葉の裏に嫉妬めいたものが混じってしまいかねない。それも笹部や一之瀬のように久我に対する嫉妬ではなく、女性陣に対する嫉妬が。他人の感情に聡い久我は、そんな秋人の心の内を余さず読み取ってしまう危険性もある。

（……自業自得だな）

久我への忠告はなしにしようと思い直し、秋人は本社から研究室へ続く芝生沿いの道を歩く。なんにせよ、今夜また久我に会えると思うだけで足取りが軽くなってしまうのは、もうどうしようもないことのようだった。

他のメンバーが皆帰ってしまった後の研究室。秋人は自席に座って今日やらなくてもいい資料の作成に没頭している振りをしていた。

実際には心ここにあらずの心境でちらちらと時計を眺めながらパソコンのキーボードを叩いていると、研究室の扉がノックされ秋人の指先が静止する。直後、扉の向こうから久我が顔を覗かせた。

久我の顔が目の端に映った途端頬が緩みそうになり、秋人はディスプレイに視線を落としたまま軽く片手だけ上げて久我を迎えた。室内の静けさを破らないいつもりか足音を忍ばせて秋人の傍らまでやってきた久我は、声さえも潜めて秋人に喋りかける。

「悪い、いつも忙しいときに」

「別に、忙しいほどでも……ない」

久我が軽く身を屈《かが》めて囁くものだから、鼻先を柔らかに甘い草の香りがくすぐって、秋人は言葉の途中で小さなくしゃみをする。いつものことと久我が低く笑い、間近で聞こえたその声に項《うなじ》をくすぐられた気分になった。パッと首筋が赤くなるのが自分でもわかって、秋人は慌ててデスクの引き出しから薬の束を取り出す。

久我は礼を言って秋人から薬を受け取ると、秋人の隣の席からキャスターつきの椅子を引っ張ってきてそこに腰を下ろした。一応薬の効果を確かめるためという名目で、薬を渡す際は久我にここ数日の様子を尋ねるのが倣いだ。

「どうだ、幻聴の方は」

「おかげさまで安定してる。滅多に聞こえない。ようやく担当してる地域のドクターたちともまともに話ができるようになってきた」

秋人は久我の話を書き留めようとデスクの上のペンに手を伸ばすが、話題はすぐに別の方向へ逸れてしまう。

「お前の方こそ仕事はどうだ？　なんか問題ないか？」

久我の病状を聞かなければいけないのに、毎回こうして互いの近況を伝え合うことになってしまう。この他愛もない会話も嬉しくて、自然と秋人の口数も増える。

「こちらは毎日ゲージに向かって手を合わせる日々だ。本来なら線香のひとつも立ててやりたいところだが、さすがにそこまでやると他のメンバーに嫌がられる」

「嘘でも『慣れた』とか言わないあたりがお前らしいな。まだ罪悪感も半端ないんだろ？」

「当たり前だ。生き物の命を奪うのに平気でいられるか」

即答した秋人に久我は薄く微笑んで、ゆったりとした動作で長い脚を組む。

「それでいいと思うよ。そういうことを考えてる奴がひとりでもいれば現状も変わる。海外じゃ日本以上に動物実験が問題視されててさ、そうなると嫌でも対策も変わるよな。アメリカ辺りじゃ動物実験の代わりにカブトガニの血液なんて使ったりするらしいし」

「カブトガニって……海にいるあれか？」

「そう。まだ臨床段階じゃないらしいけど。注射薬に毒物が混入してないか動物使って調べる代わりに、カブトガニの血液で作った検査薬使うんだって。血液抜かれたカブトガニはまた海に戻される」

「ああ……カブトガニの献血の話ならニュースで聞いたことがある」

久我は腹の辺りで指を組み、のんびりと言葉を紡ぐ。

「お前みたいなのがいるから、そういう研究も進むんだよ。研究者が全部動物実験を受け入れて無理やり自分を納得させてたら、こういう風潮は広まらない」

だからお前はそのままでいい、と言われた気分になって、自覚せぬまま力んでいた肩から力が抜けた。やはり自分にとって、久我の言葉は特別らしい。

「ところで、お前が春までいた研究室の室長、宇多野さんっていったっけ？」

肩の力が抜けたところでひょいと尋ねられ、秋人は身構えもせず軽く頷く。

「今も時々会ったりしてる？」

「いや、もう研究室も違うからな。せいぜい廊下ですれ違う程度だ」

ふぅん、と鼻先で呟いて、久我はほんの一瞬沈黙する。

「……前にお前がしてた研究の話とかもしたりするわけ？」

秋人は口を開きかけ、でも直前に一瞬訪れた沈黙が気になって声を呑んだ。

なぜ急にそんなことを訊いてくるのだろうと思うと同時に、昼間に食堂で一之瀬から聞かされた言葉を思い出す。久我が新薬の情報を狙っているという、なんの根拠もない、むしろやっかみの産物としか思えない台詞だ。

突拍子もない話だと鼻先で笑い飛ばそうとした秋人だが、何気なく見返した久我の表情が予想外に真剣でギョッとして笑えなくなった。

まるで何かを自分から聞き出そうとしているかのように黙って返答を待つ久我にうろたえ、秋人は返事をするタイミングを見失ってしまう。室内に不自然な沈黙が落ち、一之瀬の言葉を信じたわけでもないのに秋人の表情が強張った。

久我はしばらく瞬きもせず秋人の顔を見詰めていたが、秋人の表情の変化に気づいたのか、ふっと目元を緩めて腹の上で指を組みかえた。

「宇多野さんの趣味って、ゴルフだろ？」

久我の強い視線から解放されたのと話題が変わったことにホッとして、秋人は無自覚に握りしめていた椅子の肘掛けから指を離した。

「……よく知ってるな。誰かから聞いたのか？」

「いや、研究室に置いてある時計見た。ほら、棚に飾ってあるやたら重そうな置時計。裏側に『ホールインワン記念賞』って書いてあったから、多分ゴルフコンペの商品かなんかだろ。部下があんなもん研究室に持ち込むわけないから、宇多野さんのかなぁって」

「……よくそんなところを見ているな」

宇多野はあまり会社で個人的な話をしない。宇多野がゴルフをしていることを秋人が知ったのはごく最近のことなのに、入社からほんの二ヶ月やそこらでそんなことに気づく久我に秋人は目を丸くした。

久我は猫の尻尾のように爪先《つまさき》を揺らし得意気に笑う。

「こういうのはMRの基本。診療所に行ったときも待合室の時計はよくチェックする。結構贈答品とか使ってるところが多いから、見るとそこのドクターがどういう団体と繋がりがあるのかわかって思わぬところから仕事の話に繋げられたりするんだよね」

ほう、と感心した声を上げげつつ、まるでスパイだと秋人は思う。

(……そういうことをやっているから産業スパイだなんて疑いをかけられてるんじゃないのか？　こいつは)

いっそ冗談交じりに一之瀬が疑っていたことを話してやろうか。そんなこと思った矢先、久我が忍び笑いを噛み殺しながら言った。

「宇多野さんはどっちかっていうとゴルフよりゲートボールの方が似合いそうだけど」

「……失礼だぞ。年寄り扱いするな」

「まあねぇ、あの世代の人たちって意外と若い趣味持ってる人多いし……むしろお前の趣味の方が年寄りっぽいよな。和菓子屋巡りとか」

「和菓子が年寄りのものとは思わないがな。最近はそうそう店にも行ってない」

「なんだ、もうブームは去ってたか」

店に通っていたのなんて何年前の話だと思っている、と呆れた口調で言ってやろうとして、秋人の唇がぴたりと止まった。

（……どうしてこいつがそんなことを知っている……？）

秋人が和菓子店を巡り歩いていたのは大学生の頃のことだ。大学の近くに和菓子の店が密集していて、論文を書く際の気分転換に季節の和菓子を眺めて回るのが好きだった。入社してからもしばらくは駅前などの和菓子店に立ち寄っていたが、学生時代ほど時間もなく、社会人になって一年もしないうちに自然と消滅した趣味だ。

その話を、秋人は会社でほとんどした記憶がない。どれだけ丹念に記憶を探っても、せいぜい会社のホームページに載る新入社員インタビューで趣味を問われ、無趣味とも言えず苦し紛れにその話をしたくらいだ。社会人になって間もなく自然消滅した趣味など、社内で最も身の内話をしているだろう一之瀬だって知らないはずだ。そんな話をどうして久我が、と思った瞬間、ひやりと背筋が冷たくなった。

（……まさか、ホームページのインタビューを見たのか？）

だが、秋人の記事は久我がこの会社に来る前に削除されていたはずだ。少なくとも、久我の歓迎会の当日には確実に消えていた。それは村上に確認している。

ということは、もしも久我があのインタビューを見ていたとすればそれはこの会社にやってくる前のはずで、だとしたら久我は端からこの会社に秋人がいることを知っていたことになる。しかしそれでは歓迎会のとき秋人と顔を合わせた久我の態度が不自然だ。久我はこの会社に秋人がいることをまるで予想していないふうだった。

高校卒業後の秋人は久我に限らず、学生時代の友人たち全員と連絡を絶っていたから、久我が誰かからその情報を聞いたとも思えない。

(……私がここにいると、知っていて知らない振りをした……?)

しかしなんのためにそんなことをする必要がある、と自問する秋人の脳裏に、昼間食堂で一之瀬から聞いた台詞が蘇る。

『同級生のよしみで、狙われてるかもしれませんよ』

明るい日差しが燦々《さんさん》と射し込む食堂で聞いたときは馬鹿馬鹿しいとまともに取り合う気にもなれなかった。けれど今、誰もいない研究室でこうして久我と二人きりで向き合っていると、急にあの台詞が妙な現実味を帯び始める。

一之瀬の言う通り、久我は秋人がこの会社の創薬チームにいることを知っていてわざわざ転職してきたのではないだろうか? 秋人から、新薬の情報を得るために。

(まさか、映画じゃないいんだぞ。産業スパイなんて非現実的な——……)

しかし、だとしたらどうして久我はこうも足繁く研究室にやってくるのだろう。他のMRは滅多に研究室を訪れることなどないのに。

一度不審に思い始めると、何もかもが不穏な霧に包まれる。

あらぬ方向を見詰めて黙り込んでしまった秋人に気づいているのかいないのか、久我は椅子に腰かけたまま大きく伸びをしてこんな提案をしてきた。

「よかったら、これから飯でも食いに行かないか？　いつも薬もらってる礼も兼ねて」

久我の言葉で我に返り、秋人はとっさに頷いてデスクの上を片づけ始めた。直前まで自分が胸に抱いていた疑惑をかき消そうと思ったら、自然と手元が慌ただしくなる。

せっかく久我に食事に誘われたというのにおかしな疑いが胸の奥に引っかかり、久我が研究室を訪れてくれたときほど秋人の胸が弾むことはなかった。


久我と連れ立ってやってきたのは、会社の最寄《もよ》り駅近くにある居酒屋だった。全体的に落ち着いた和風の店は平日だというのにテーブル席が一杯で、久我と秋人はカウンターに通された。

久我と隣り合って座った秋人は、内心安堵の息をつく。久我が産業スパイだという話を信じたわけではないが、不自然な言動が見え隠れしてしまった直後だけに何食わぬ顔で久我の目を見られる自信がなかった。そしてそういう揺らぎはまず間違いなく久我本人に伝わってしまう。

今もなるべく久我の方を見ないようカウンターの奥に視線を飛ばしていると、隣でメニューをめくっていた久我がのんびりと声をかけてきた。

「お前酒って飲めるんだっけ？　高校卒業してからずっと会ってなかったから全然わかんな

いんだけど」

「……そう強くはないが、飲める」

「じゃあビールにしとくか。なんとなくお前は飲まないイメージあったから、歓迎会のときは烏龍茶ばっかり勧めちまったけど」

「ああいう席ではあまり飲まない。気心知れない人間の前では正体をなくしたくないからな。今夜は大丈夫だ。好きに注文してくれ」

冷たいおしぼりで手を拭きながら秋人が応じると、カウンターに肘をついた久我が横から秋人の顔を覗き込んできた。

「それって、俺の前では酔っても大丈夫ってこと？」

軽く頷き返そうとして直前で思いとどまる。ここで頷いたら自分が久我に対して大いに心を許していることを肯定してしまうことになると、慌ててぶっきらぼうに言い返した。

「お前相手ならいくら迷惑をかけても構わないからな」

「なんだよそれー。せめてお前と一緒なら安心だ、くらい言ってくれればいいのに」

笑いながら秋人の本音を言い当てて、久我は再びメニューを開いた。

「やっぱりビールやめにしよう。日本酒いける？」

「す、少しなら……」

「これ美味《うま》いよ。あんまり癖もないし」

言われるがまま久我の進める日本酒と数品のつまみを頼み、秋人と久我はカウンター席に運ばれてきた冷酒のつがれたコップで乾杯をした。

すっきりと冷たい日本酒で唇を湿らせ、久我は感慨深気に呟く。

「本当に、高校卒業以来会ってなかったからお前と飲むのって妙な感じ。ちょっと悪いことしてる気分だな。校舎の裏で煙草《たばこ》吸ってるみたいな」

「……どんな気分だそれは。お互い三十路も目前にして」

そうなんだけどさ、と呟いて、久我はなだらかに背中を曲げカウンターに頬杖《ほおづえ》をついた。

「お前と一緒にいると、学生時代のことばっかり思い出す」

ともすれば店の喧騒《けんそう》に紛れてしまいそうな吐息混じりの久我の声に、自然と秋人の視線が吸い寄せられる。久我は秋人に横顔を向けどこか遠くを眺めていて、過去を思い返すようなその顔に、学生服を着ていた頃の久我の横顔が重なった。

当時の久我は今より顎も首も細く、髪は少し短かった。こんなふうに憂いを帯びた表情を見せることは滅多になくいつも快活に笑っていた久我の姿を思い出すと、あの頃の恋心が真空パックされていたように鮮やかに蘇り心拍数が跳ね上がる。

それともこの落ち着きがない胸の動悸《どうき》は、十年ぶりに再会した久我を前にして今の自分が感じているものなのだろうか。

秋人がジッと自分の横顔を見ていることに気づいているだろうに、久我は視線を前に向け

でも一、二を争う鮮明な記憶だ。

「中学のときの修学旅行、覚えてるか？」

ふいに飛び出した話題に虚を衝かれた気分で、秋人はぎこちなく頷いた。それは自分の中でも一、二を争う鮮明な記憶だ。

久我はお通しの小鉢に箸を伸ばし、当時のことを思い出したのか肩を震わせて笑う。

「あのときは驚いたなー。お前は携帯持ってないからこっちから連絡のとりようがないし、じゃあいったん宿に戻ろうかって話になったら女子がとんでもなく嫌がるし」

「……どうしてもアシカが見たかったんだろう」

「そんなに必死になって見たがるもんでもないと思うんだけどなぁ」

唇を尖らせた久我の横顔に色濃く当時の表情が蘇り、秋人も小さな笑みをこぼす。

久我は箸の先で小鉢をつつき、しみじみとした声音で呟いた。

「あのとき初めて、お前俺の携帯に連絡してきたんだよな」

「……そうだったか？」

「そうだよ。それまで一度も電話かけてきたことなかったからさ、てっきり俺の番号なんてメモってないんだと思ってた」

まさか、と秋人は掠れた声でそれを否定する。

あのとき生徒手帳に書きつけられていた久我の電話番号は、久我自身が面白がって秋人の手帳に書き込んだものだ。ただの電話番号でしかないのに久我が書いたものだと思うと右肩上がりの数字の羅列がやけに特別なものに思え、自分の恋心を自覚した後、何度も目で追ううちにすっかり暗記してしまった。

今も覚えているんじゃないかと口の中で番号を呟いてみたら問題なく最後まですらすらと言えてしまい、若い頃の記憶力が凄いのか、久我に対する自分の執着心がどうかしているのかわからず秋人はひとり耳を赤くした。

「その後二人で市内観光してさ」

「……あのラーメン屋、美味かったな」

「嘘つけ、お前もうすぐ夕飯なのにラーメンなんて食べられるかってすっげぇ嫌な顔してたくせに」

「実際妙な時間にラーメンなんて食べるから宿の食事がほとんど食べられなかった」

「俺はちゃんと完食したぞ。お前の食が細すぎるんだよ」

十年以上の時を隔てているというのに、つい先日の話をするように鮮やかに当時の記憶が繋がっていく。あの旅行で久我への恋心を自覚した自分は当然として、久我もあの日のことを克明に覚えていてくれたことが嬉しくて、会社を出てから黙りがちだった秋人の口も自然と滑らかになる。一頻り当時のことを話した後、久我は温かい汁物でも食べ終えたときのように満足気な溜息をつき、前に向けっぱなしだった顔をするりと秋人の方に向けた。

久我がこちらを見ないものだから安心して体ごと久我の方に向けていた秋人は、ふいに久我に見詰められてぴたりと口を閉ざす。

久我は真顔で秋人の目を覗き込み、それから心底嬉しそうにほろほろと目元を緩めた。

「楽しかったな、あの日の旅行」

緊張でせき止められていた秋人の息が、見る間に緩んで唇から漏れる。

真剣な顔で何を言い出すのかと身構えたところで、こんなにも無防備な笑顔を見せるなんてずるい。久我はいともたやすく他人の呼吸をコントロールしてしまう。抗いようもなく秋人の体からも力が抜け、久我の笑顔につられたように口元にはにかんだ笑みが浮かんだ。

「部活もさ、中学の頃はバスケ部で、お前めちゃめちゃドリブル下手なくせにスリーポイントシュートだけは絶対外さないのな」

「放っておけ」

「高校ではバレー部で、平気でパスミスするくせにサーブだけは超絶上手くて、お前のこと試合に出すかどうか監督がいつも頭悩ませてたぞ」

そうだったかな、と秋人は首を傾げてコップにつがれた冷酒をすする。

あの頃の自分は久我の側にいられればそれだけで満足で、そのために苦手な球技をやることも厭《いと》わなかった。試合のたびにカツサンドを作り、「これで勝てる気がする」と久我が笑ってくれれば、それだけでもう十分だったのだ。

過去に思いを馳せる秋人の隣で、久我は秋人と自分の間に置かれたコップの縁をゆっくりと指先で辿った。

「……高校のときはほとんど同じクラスにならなかったのに、どうしてかあの頃のこと思い出すと、お前の顔が一緒に浮かぶ」

秋人は黙って久我の指を視線で追う。今久我の顔を見たら、きっと長年胸に秘めてきた想いがすべて伝わってしまうだろう。だから形のいい久我の爪と長い指から目を逸らせない。

一方的に久我に想いを寄せてきた自分に、まさか久我の方からそんな言葉をかけてもらえるとは思わなかった。

（……私もあの頃の記憶は、全部お前に直結してる）

本当はそう言いたかったが、久我のようにさらりと口にできる自信はなく、言葉と一緒に冷酒を喉に流し込んだ。そのタイミングで久我は軽く言い添える。

「だから高校卒業した後、急にお前と連絡とれなくなったときは正直へこんだ」

不意打ちに、危うく飲み込んだ酒が逆流しそうになった。無理やり喉を上下させて胃へ流し込むと、腹の底がカッと火がついたように熱くなる。

久我は何気ないふうを装っているが、きっと今の今まで気にしていたのだろう。指先が落ち着かなくコップの縁を撫で続けている。

秋人は軽く咳払いをすると、いつか機会があれば言おうと決めていた言い訳を口にした。

「……すまない。携帯の機種変更をしたときアドレスをすべて消してしまって、連絡のとりようがなかった」

「本当？」

やんわりと問いかける口調は、けれどどこか「嘘でしょ？」と確認しているように秋人の耳に響く。だからといって本当のことなど言えるはずもなく、秋人は返事の代わりにコップの冷酒を呷った。直前までちびちびと舐めるように飲んでいたのに、このときばかりは喉が大きく上下するほど一息で大量の酒を胃に流し込んだ。

早々に酔っ払ってこの話題はうやむやにしたい。そんな秋人の意図などお見通しなのか、久我は苦笑して自身のコップの縁を指先で軽く弾いた。

「あともうひとつ。お前高校卒業する直前、いつも手紙持ち歩いてただろう？」

ガン！　と秋人はコップの裏でカウンターを叩く。驚きすぎてうっかりコップを打ち下ろしてしまった。

目を見開いて久我の方を向くと、なぜか久我もまた驚いた顔でこちらを見ている。

「……どうしてそれを」

「どうしてって……クラスの奴らはほぼ全員気づいてたんじゃないか？　あの堅物の浅野が手紙を持ち歩いては溜息をついてるなんて、もしかするとラブレターでも書いたんじゃないかって注目の的だった」

酒のせいばかりでなく首筋から熱が上がっていく。自分ではこっそり持ち歩いていたつもりだったのに、クラス中にそれと知れるほど不自然な態度になっていたとは。

一気に全身の体温が上がり、一瞬本気でスゥッと意識が遠のいて、秋人は慌ててカウンターに肘をつく。急に気圧が変わったときのように耳の奥でキィンと高い音がして、一瞬で体内のアルコール濃度が上がった気がした。

つくづく自分に隠し事は向いていないと沈痛な面持ちで目頭を押さえていると、隣で久我が声を潜めて笑った。

「俺も、お前が誰もいない教室で手紙握りしめて机に突っ伏してるところ見たことある」

「お前までか⁉」

動揺して裏返った声を上げた秋人を久我は遠慮なく笑い飛ばす。居酒屋の喧騒の中に響く久我の笑い声は教室で聞くそれを髣髴とさせ、秋人の頭がぐらりと揺れた。

学生時代、久我と共に過ごした時間を思い出して懐かしさに胸が締めつけられる。と同時に、自ら連絡を絶ってからもう二度と会うこともないだろうと思っていた久我がこうして目の前にいると思うと、今更のように歓喜で胸が震えた。そうでなくとも慣れない日本酒など一息で飲んだ直後だ。急に目の奥が熱くなり、平衡感覚が揺らいで目の前の現実に薄い靄《もや》がかかったようになった。

カウンターの上には久我の大きな手が無造作に乗せられていて、久我の顔を見られずそちらばかり見ていたら、ふいに堪らない気分になった。

中学生の頃、修学旅行の途中で久我と手を繋ぎたいと思ったときよりずっと強く、この手に触れたいと思ってしまった。指先を絡めて、久我にも強く握り返して欲しい。

（……あのときも、こんな気分だったか？）

こんなにも、渇望するようにそれを願っただろうか。漠然とそうなったらいいな、と思っていただけのような気がするが、今はもっと明確に久我に触れて欲しかった。互いの掌を合わせて指を絡ませ、久我にこちらを見て欲しい。他の誰でもなく、自分を。

カウンターの上の久我の手は微動だにしない。けれど自分から手を伸ばせば、肩が触れ合う距離にいる今なら、久我の手に触れられる。

強烈な欲望に抗いきれずおずおずとカウンターに手を上げかけた秋人だが、直前で久我に名前を呼ばれて我に返った。

急速に酒が回ったらしく、視線を上げただけで視界が不安定に傾いだ。

顔を上げた先では久我が真っ直ぐに秋人を見ていた。一体いつからそうしていたのか、その瞳に漂う感情が上手く読み取れない。深刻なようにも冷徹に観察しているようにも見える久我の目を見ていると、卒業式の直前に下級生から受け取った手紙を久我に手渡したときのことを思い出す。

あのときの断固とした拒絶が生々しく胸に蘇り、真正面から冷水を浴びせかけられた気分になった。唐突にクリアになった視界の中、久我がゆっくりと口を開く。

「あの、手紙の中身――……」

そこまで耳にしただけで、ぎくりと心臓が竦み上がった。

一瞬で最悪の想像が脳裏を過る。もしかしたら久我はあの手紙の内容を知っているのではないか。そんな疑念が立ち上る。

手紙はいつも鞄に入れっぱなしにしていた。まさかクラス中に注目されているなんて夢にも思っていなかったから、教室移動の際も無防備に鞄に入れたままだったはずだ。そうやって秋人が目を離した隙に誰かが鞄の中を探っていたとしても不思議ではない。

もしも手紙を読まれたとしたら――久我政木様へで始まる手紙だ。ごまかしようがない。

秋人は息を詰めて次の言葉を待つ。直前まで久我の手に触れたいと思っていた後ろめたさから、久我と視線を合わせているだけで息が苦しい。

(でも、どうしても触れたかったんだ――……)

小学校から始まって、中学、高校、そして現在、どれだけ時間を隔てても、どうしても自分は久我に惹かれる。何気ない表情や仕種に目を奪われ、他愛のない言葉のひとつに勇気づけられる。久我が他人を見ていれば口の中がざらざらするし、こうしてすぐ側にいれば指を伸ばして触れたいと思ってしまう。

けれどそのことを久我に悟られ、いつかのように強烈な拒絶が返ってきたら。

想像するだけで全身の血が凍りついてしまいそうだ。その瞬間が今まさに迫っているのかもしれないと思ったら、身じろぎどころか瞬きをすることもできなかった。

久我が唇を開く。その奥から言葉が飛び出しそうになる、その直前。

ガバッと久我が自身の胸の辺りを叩いた。

想定外の行動に秋人は上半身を跳ね上がらせる。久我は素早く顔の間に片手を立て拝むような仕種をすると、スーツの内ポケットから携帯電話を取り出した。ディスプレイに目を走らせた久我は、珍しく苛立ちも露《あら》わに鋭い舌打ちをひとつする。

「嘘だろ、こんな時間に……！　くっそ、自分は夜勤だからって……」

独白じみた悪態から察するに、大学病院のドクター辺りから連絡が入ったらしい。

久我はしばらく迷う表情で携帯を睨んでいたが、すぐ諦めた顔になって胸ポケットに携帯をしまった。

「……悪い、急な呼び出しが入った。本当はもう少しゆっくり話がしたかったんだけど、また今度にしよう。お前はもうちょいゆっくりしてってくれ」

久我は本当に申し訳なさそうに「悪いな」と繰り返し、数枚の紙幣をカウンターに置くと秋人が止める間もなく店を出ていってしまった。

ひとり店内に残された秋人は、半ば呆然とカウンターに置かれたコップを眺める。

心臓がまだ荒々しい鼓動を刻んでいた。いよいよ長年隠してきた想いを久我に言い当てられるのではないかという恐怖や、学生時代よりずっと強く生々しくなっていた自分の欲望を目の当たりにした動揺が秋人の心臓を揺さぶって落ち着かなくする。

重々承知しているつもりだったが、こんなにも好きだったのかと再確認させられた気分で秋人はカウンターに突っ伏した。

あと少しで、本当に久我の手に触れてしまうところだった。酒が入っていたとはいえ、あんなふうに自分を抑えきれなくなるとは思ってもみなかった。

（私がこんなことを思っていることを、久我は知ってるんだろうか……？）

学生時代、自分が手紙を持ち歩いていたことを久我は知っていた。もしかしたらその内容もわかっているのかもしれない。だからこそ、下級生の手紙を渡したときあんなにも怯えた顔をしたのではないか。いよいよ来たかと、そう思って。

けれど、だとしたら、社会人になって再会してからはそのことをおくびにも出さなかったのはなぜだろう。当たり前の友人のように懐かしがって、笑ってくれて。

（――……気がついていない振りをした？）

カウンターに突っ伏したまま、秋人は漫然と考える。

思えば久我の行動には不審な点が多い。

ほとんど誰も知らない、知る機会があるとすれば会社のホームページを見なければわからないような秋人の昔の趣味を知っていた。けれど久我はそのページを見たことを隠すような態度に出た。そして秋人が学生時代書いた手紙の内容も知っていて、今日までそ知らぬ顔をし続けていた……？

なんのために、と自問すれば、答えはあっさりと胸に転がり込んでくる。

（私から新薬の情報を聞き出すため……？）

だが秋人がリード創出研究室から外れたことを知り、だから未だに宇多野と会っているのかと尋ねてきた？

あり得ないと思うのに、つじつまだけはやけに合う。産業スパイ、と渋い顔で言っていた一之瀬の言葉が耳に焼きついて離れない。

（まさかそんな、映画でもあるまいし……）

何度も胸に繰り返す言葉が見る間に力を失っていく。先程久我は、真剣な顔で自分に何を言おうとしていたのだろう。

（もしも久我が、あの手紙の内容を知っていたとしたら……）

自分の性癖をネタに情報を提供しろと脅されるのかもしれない。そんな突拍子もない想像が頭を掠めた。

（それこそまさか――……）

笑ったつもりだったのに、結局それは秋人の口元を痙攣させただけで笑みにはならない。

隣に久我のいない居酒屋で、現実味に乏しい想像と酒は予想外によく回る。それらを否定する言葉は、時間の経過とともに弱まっていく一方だった。

久我と飲みに行ってから一週間が経った。

この一週間、久我とは一度も顔を合わせていない。偽薬はまだ切れていないのか、携帯にも連絡がないままだ。

久我への疑いが晴れないこんな状況では下手に顔を合わせない方がいいのかもしれないが、会わなければ会わないでまた胸に不安が募っていく。

日常の仕事にも身が入らず、秋人は研究室で資料をまとめていた手を止め天井を仰いだ。眼鏡を外し、少し強い力で目頭を押さえる。瞼の裏の一瞬の闇にも久我の顔が忍び込んできて秋人は軽く頭を振った。少し気分を変えた方がよさそうだ。

廊下に出た秋人が休憩所に向かって歩き出すと、すぐに後ろから誰かに呼び止められた。振り返ると、宇多野が自身の研究室から廊下に出てきたところだ。宇多野は廊下を見渡して、辺りに人がいないことを確認すると大股で秋人の元までやってきた。

「ちょうどよかった。浅野君、今ちょっと時間いいかな?」

仕事がはかどらず休憩を入れるつもりだった秋人が頷けば、宇多野は身振りで秋人についてくるように告げ、廊下の奥にある会議室までやってきた。

五人掛けの長テーブルが二つ並んだ会議室に先に入った宇多野は、ホワイトボードの置かれた窓辺に歩み寄り肩越しに秋人を振り返った。

「すまないね、仕事中に」

「いえ、ちょうど休憩をとろうとしていたところですから」

「ならよかった。……そういえば、君が残していった化合物が無事臨床実験に進んだよ」

軽い口調ではあったが、研究室を移ってから宇多野がその話題を秋人に振ってきたのは初めてのことだ。これまで宇多野は秋人に気を遣ってか、実験の進捗について口にしたことは一度もなかった。秋人も少し前までならそんな話聞きたくもないと思ったことだろう。けれど今は自分の手を離れた研究の話をされても、チクチクと胸を刺される気分に苛まれることはない。そうですか、と返す声は意識せずとも穏やかだ。すでに新しい研究室の仕事と真正面から向き合えているからかもしれなかった。

宇多野はホワイトボードの横に立つと足を止め、秋人に背を向けたままブラインドの下がった窓に向かって言った。

「ただ、持続性の面で問題が出てね。少々結果が芳しくない。我々もどうにか改良できないか努力は重ねているが難しくて……このままでは、次のフェーズに進めない」

重々しい宇多野の言葉からは、下手をすればこのまま研究自体が立ち消える可能性すら漂っている。けれど秋人の表情はさほど変わらない。途中まで上手くいっていた実験が行き詰まるなんて日常茶飯事だし、思ったような結果が出ず消えていく新薬など星の数ほどある。ひとつの発見が商品化までこぎつける方がずっと稀《まれ》なのだ。

むしろ秋人を驚かせたのは、続けて宇多野が口にした台詞の方だった。

「君は最近、新薬の研究を個人的に進めているそうだね？」

以前にも同じことを宇多野に言われていた秋人は、まだそんな勘違いをされたままだったのかと軽く目を瞠る。すぐさまその言葉を否定しようとしたが、宇多野は秋人を振り返ると穏やかな顔つきでゆっくりと首を横に振った。

「隠さなくてもいい。咎めるつもりはないんだ。けれど、社内の人間を被験者にするのはどうだろう。個人的に薬の受け渡しをしているそうじゃないか？」

ピクリと秋人の肩先が反応する。とっさに久我のことを言っているのだとわかった。どんな種類のものであれ、他の誰かに秋人が薬を渡した記憶はない。

どこからそんな情報が漏れてしまったのかと思ったが、思い返せば久我とは廊下の片隅にある休憩所で話し込むことが多かった。壁と扉で仕切られているわけでもないそんな場所で話していた内容など、あっさりと他人の耳に拾われてしまっても不思議ではない。

宇多野は腰の後ろで手を組むと、秋人と向き直って諭すような口調で言う。

「そういう研究は本来しかるべき手段を踏んで行うものだ。いくら非臨床実験は通過しているとはいえ、その後改良を加えたものが人体にどんな影響を及ぼすかはわからない。被験者の身に何かあったとき、君ひとりでは責任のとりようもないだろう?」

宇多野はすっかり勘違いをしている。一体どこから間違いを正したものか考え込んでしまって二の句が告げない秋人に、宇多野は少し困ったような笑みを向けた。

「言いにくいのはわかるが、本当に君を責めるつもりはないんだよ。むしろその研究熱心なところを褒めたいくらいだ。だから何か新しいデータがとれているなら、私たちの研究室に提供してくれないだろうか。そのデータが有用なものなら、私だって君を研究室に戻すよう所長に働きかけやすくなる」

「いいえ、違うんです、それは――……」

「隠さないでくれ。君が薬を渡していた相手は久我君だろう? 君たちが休憩所で話していたことは私も知っている」

盗み聞きするつもりはなかったんだがね、と宇多野は申し訳なさそうな顔をするが、あんな場所で話し込んでいた自分たちが不用心なのだから宇多野を責める気にもなれない。

とはいえ久我に話して聞かせた新薬の話はほとんど口から出まかせで、渡していた薬だってなんの薬効もない偽薬でしかない。だからといってそのことを説明しようとすれば、どうしても久我の幻聴の話を避けて通ることができない。幻聴のことは久我に口止めされているだけにどう説明したものかと秋人はますます言い淀む。

言い訳を考えあぐね秋人が何も言えずに俯いていると、ふいに宇多野の口調がガラリと変わった。

「――……私には情報を提供できないというのかい？」

かつてなく低い宇多野の声に顔を上げた秋人は、こちらを見る宇多野の表情の豹変《ひょうへん》ぶりに目を丸くした。いつも好々爺然としてニコニコ笑っていたのが嘘のように宇多野の目は吊《つ》り上がり、口元は固く引き結ばれて口角が下がっている。怒っているというよりは何やらひどく追い詰められた宇多野の顔に圧倒され、秋人は思わず宇多野から距離をとるように後ろに身を引いてしまった。

宇多野はこれまで孫を見るように秋人を見ていたとは思えぬほど忌々し気に秋人を一瞥《いちべつ》すると鋭く言い捨てた。

「社内では、久我君が以前勤めていた会社にうちの新薬の情報をリークしようとしているという噂もあるようだね」

一之瀬のやっかみと妄想の産物としか思っていなかった話を室長である宇多野まで持ち出してきて、まさか本当に社内で久我のことが問題になっているのかと秋人は大いに狼狽《ろうばい》する。

「ち、違います！　久我はそんなことをするような男じゃありません！」

「どうだか。もしかすると君も一枚噛んでるんじゃないのか？　久我君とは随分親しくしているようだし、新薬の情報を彼に流しているのは君なんじゃ？」

猜疑心《さいぎしん》も剝き出しにこちらを睨む宇多野を信じられない思いで見詰め、秋人は大きく首を横に振った。

「違います！　私だってそんなことはしません！」

「だったらどうしてデータを渡そうとしない！」

噛みつくように言い返した宇多野の表情にはまるで余裕がない。端から秋人が新薬の新しいデータを握っていると信じきっている顔だ。そしてそれを、なんとしてでも自分のものにしようとしている。

宇多野がなぜここまで追い詰められているのかはわからないが、下手に黙っていると状況は悪化していく一方のようだ。こうなれば本当のことを洗いざらい打ち明けるしかないと一度は口を開きかけたものの、秋人はジワリと眉根を寄せて再び口を閉ざしてしまう。

秋人の言葉にもろくに耳を貸さずデータを渡せと言い募る宇多野が、久我の心情を汲んで幻聴のことを他部署に伏せてくれるかどうか確信が持てなかった。人が変わってしまったように口角泡を飛ばして秋人から情報を得ようとする宇多野が急に信用のならない人物に思えてきて、秋人はグッと唇を引き結ぶ。

そんな秋人の表情を見て、宇多野は苛立った様子で傍らの長テーブルを拳で叩いた。

「君がそのつもりなら、いっそ所長にこのことを報告したっていいんだ！　無断で研究を続けていたことも、その内容を久我君に伝えていたことも、全部！」

眼鏡の下で秋人は目を眇める。ただの勘違いに所長まで絡んできては話が大きくなりすぎる。久我のためにもやはりここは穏便にやり過ごそうと秋人が口を開きかけたとき、緊迫した室内に扉を叩く音が響き渡った。

中にいる人間の返事も待たず扉が開かれる。直後室内に入ってきたのは、久我だ。

硬い表情で部屋に飛び込んできた久我は、驚いた顔の秋人と宇多野を確認するなり険しい表情を崩さぬまま宇多野と向き合った。

「失礼します。少々宇多野さんにお話があるのですが」

今まさに話題に上っていた人物の登場に宇多野はわずかに怯んだようだが、すぐ険悪な顔つきに戻ると高圧的な口調で久我に告げた。

「私は今浅野君と話し中だ」

「恐らく彼に話していたのと同じ内容で私も貴方《あなた》にお話があるんです」

間髪容れず言い返した久我に宇多野の顔がサッと赤くなる。さらに強い口調で宇多野が何か言い返すかと思われたとき、久我の後ろから別の人物が現れた。

黒い髪を後ろで一本に束ね、足音も高く室内に入ってきたのは所長である氷室だ。

さすがに氷室の登場は予想外だったのか宇多野の顔に動揺が走る。束の間口ごもった宇多野だが、早々に開き直ると久我の背後から現れた氷室に向かって声を張り上げた。

「所長、ちょうどいいところに！　聞いてください、浅野君と久我君が新薬の情報を交換していたようなんです。しかもその内容を我々に教えようとしません。まさかとは思いますが、浅野君が久我君に新薬の情報を漏らしているのではないかと私は心配で……！」

威圧的だった宇多野の口調が、途中から聞き慣れた哀れさを含む老人のものに変化する。人の好さそうな普段の口調こそが作り物だったのだと悟り唖然《あぜん》とする秋人の横で、久我は平然とスーツの内ポケットから秋人が定期的に渡している薬のシートを取り出した。

「貴方が言う新薬というのは、これのことですか」

久我のかざす薬を一目見て、宇多野は待ちわびた餌を見つけた犬のように口を半開きにしてガクガクと首を縦に振った。

「そうだ、それだ！　私は見ていたんだよ、浅野君が君にそれを手渡すところを！」

「残念ながら、この薬にはなんの有効物質も含まれていません。単なる偽薬です」

相手の言葉尻を奪って淡々と久我が告げた言葉に、大きく目を見開いたのは宇多野だけでなく秋人も一緒だった。

まさか、と宇多野が掠れた声を上げたとき、秋人は自分の心の声が外に漏れたかと思った。その後に続いた宇多野の言葉も、まるきり秋人の内心を代弁するものだ。

「でも……君は確かに、その薬を飲んで効果があったと言っていたのに……？」

久我の手にした薬を呆然と見詰める宇多野に応じたのは、それまで大人しく久我の隣に立っていた氷室だ。

「本当よ。これがその検査結果。私も目を通したから間違いないわ」

カツカツとヒールの音を響かせ宇多野に歩み寄った氷室が、細かな数値が並ぶ紙束を宇多野に突きつける。力なくそれを受け取った宇多野に、さらに久我が追い打ちをかけた。

「そもそも用心深いそいつが安全性も確認されていない薬を他人に渡したりするわけがないでしょう。元上司のくせにそんなこともわからなかったんですか」

いつになく冷淡な久我の言葉に驚いたのは宇多野よりむしろ秋人だ。その言い方ではまるで、最初から久我は何もかもわかっていて秋人の嘘に騙されていたようではないか。

まさか本当にそうなのかと久我を問い詰めようとした秋人だが、その言葉は宇多野の前で仁王立ちになった氷室の鋭い声にかき消される。

「それより宇多野さん、ちょっと聞き捨てならない噂を聞いたのだけれど。私の甥が、来年貴方の研究室に入るそうね？」

鞭《むち》がしなるように飛んできた氷室の言葉に宇多野の肩が跳ね上がる。皺の刻まれた小さな顔から見る間に血の気が引くのが傍目にもわかって、話の展開が見えない秋人は宇多野と氷室の顔を交互に見た。

氷室は胸の前できつく腕を組み、くっきりと口紅を引いた唇を真一文字に引き結ぶ。次いでその口から漏れた声は、地獄の釜《かま》で湯が煮えたぎるような不穏さだ。

「そんな予定は一切ないのだけれど？　そもそもコネ就職なんて、私が許すわけもないわ」

「そ、それはもちろん……そうでしょうとも」

宇多野の額に汗が浮く。視線は忙しなく辺りをさまよい、動揺がありありと伝わってくる。

氷室は切れ長の目をすぅっと細めると一転して穏やかな声で、そうよね、と囁き、続けて前にも増して鋭く宇多野を糾弾した。

「だったらどうしてそんな噂が流れたのかしら。しかも、貴方の研究室内にだけ」

それまで氷室と宇多野の会話に耳を傾けるしかなかった秋人は、何やら話が妙な方向に転がり始めたことに気づいて目を瞬かせた。助けを求めるつもりで傍らに立つ久我を見上げると、久我は口元に微かな笑みを浮かべ、とりあえずお前は黙って見ていろとばかり秋人をその場に置いて宇多野の元に歩み寄った。

「ついでに非臨床実験の研究室は別段人手不足というわけではないそうですね。あちらの室長もどうして急に浅野が回されてきたのか不思議がっていましたが？」

久我の言葉にまた宇多野の肩が跳ねる。右から氷室、左から久我に詰め寄られ、宇多野の顔色は悪くなる一方だ。

「もうひとつ不思議なことに、貴方の研究室から提出されている研究資料を確認すると、新薬の候補物質を発見したのは貴方ということになっています。私が聞いた話では候補物質を発見したのは、そこにいる浅野だという話でしたが」

久我の言葉に、宇多野が一等大きな反応を示した。すべての思考が停止してしまったかのように顔面から表情が抜け落ち、次の瞬間、宇多野は小さな体のどこからそれだけの声が出るのかと目を瞠るほどの大音量で叫んだ。

「な、なんのことだ！　さっきから何を言っているのかさっぱりわからん！　そんなもの、私とはまるきり無関係だ！」

拳を握り締め、胴を震わせて叫ぶ宇多野にも久我は動じなかった。そうですか、と溜息混じりに呟いて、いっそ哀れみを含んだ目で宇多野を見下ろす。

「ちなみに人事部の部長は、もう全部白状してくれましたよ」

さらりとつけ足された久我の台詞に、今度こそ宇多野の顔から一切の表情が飛んだ。言葉の意味を捉《とら》えかねたかのようにぽかんと口を開けて久我を見上げる宇多野に、久我は無言で何度か頷いてみせる。その静かな表情に久我の言葉がハッタリでもなんでもないと悟ったのか、宇多野は呆然と視線を床に落とした。

宇多野から反論する意志が失《う》せたのを見てとって、氷室が最後通告のように告げる。

「ともかく、詳しく話を聞かせてもらいましょうか」

その言葉を待っていたかのように会議室の扉が開き、外から数名の男性職員がぞろぞろと室内に入ってきた。すっかり項垂《うなだ》れてしまった宇多野を取り囲む職員たちを秋人が呆然と見上げていると、ふいに軽い力で背中を叩かれた。

「俺たちも行こうか」

たった今室内で起こったことなどなんということもないとばかり自然な仕種で促され、まだ目の前で起こったことが整理できないまま秋人は会議室を出る。だが、人気のない廊下に出るなり急に現実感が舞い戻ってきてぴたりと足を止めた。

「待て……待て待て、今のは一体なんだ、どうなってるんだ！」

「どうもこうも……今聞いた通りだよ。お前ははめられたんだ」

久我は立ち止まった秋人を追い立てるように再びその背を叩くが、秋人は頑として動かず久我を問い詰める。

「わからない、どういうことだ？　宇多野さんは一体何をした？」

先に廊下を歩き出そうとしていた久我は秋人を振り返り、だからな、と子供に教え聞かすような口調で言った。

「新薬の候補物質を発見したお前の手柄を、あの男が横取りしようとしたんだ。人事部の部長と手を組んで、所長から圧力がかかった振りをしてお前を研究室から追い出した。それでお前の手柄を自分のものにしようとした。ここまでいいか？」

久我の言葉をひとつひとつ反芻してから秋人が素直に頷くと、「ていうか」と久我は後ろ頭を掻いた。

「いくら上から圧力がかかったとしても、普通新薬の候補物質を発見した人間を人数調整のためだけに研究室から外すとかしないだろ。まだ肝心の新薬も完成してないんだから。なんで誰もその辺疑問に思わないんだよ？」

呆れがちな久我の口調にむっとして、秋人は眼鏡の奥から久我を睨む。

「だったらお前は最初からおかしいとでも思ったのか?」

「当たり前だ。だからさんざんお前の元研究室とか調べまくったんだろ」

迷いもなく言い切られ秋人は口ごもる。その言い分ではなんの疑問も抱かず異動を受け入れてしまった自分がとんだ阿呆《あほう》のようだ。

一瞬落ち込みかけた秋人だが、次の瞬間思い至った事実に弾かれたように顔を上げた。

「じゃあ、お前が最近宇多野さんの研究室に通っていたのは今回の件を調べるためだったのか?」

一之瀬が久我にスパイ疑惑をかけた理由のひとつを挙げて尋ねると、久我はあっさりとそれを認めた。

「じゃあ、ここのところ氷室所長によく呼び出されていたというのは――……」

「呼び出されてたわけじゃなくて俺の方から出向いていったんだよ。研究所に変な噂が立ってるけど事実かどうか確認しただけ。例のコネの話とかしたら烈火のごとく怒って、あとは俺が小細工するまでもなく徹底的に調べてくれた」

「そ、それは――……」

声が微かに震えてしまい、秋人は小さく喉を上下させる。

「……それは、全部私のためなのか……?」

手間も時間もかかっただろうに、そんなことを忙しい仕事の合間にやってくれていたのかと秋人は信じられない気持ちで久我を見上げる。面と向かって問われるとさすがに気恥ずかしいのか、久我は微妙に秋人から視線を逸らすと再び秋人の背を押した。

「まあ、それはいいからそろそろ行くぞ」

「ま、待て、もうひとつ……！　どうして宇多野さんはそうまでして私を研究室から追い出そうとしたんだ？」

秋人は足を踏ん張ってその場にとどまると困惑した顔で久我に尋ねる。宇多野には孫のように可愛がってもらっているとばかり思い込んでいたのに、気がつかないうちに宇多野の不興を買っていたのだろうか。考え込む秋人に、久我は聞こえよがしな溜息をついた。

「お前またなんか見当違いなこと考えてるだろ。あの人がお前を研究室から追い出そうとしたのは、金一封のためだよ」

金一封、と秋人はよその国の言葉を呟くように繰り返す。まるでピンときていないその様子を見て、久我は先ほどよりは少し控えめな溜息をついた。

「知らないのか。新薬作った立役者には、会社から金一封が出るんだよ。会社によっては一千万単位で金が出る。この会社じゃそこまで出ないだろうが、それでも退職金に少しは上乗せできるとでも思ったんだろ」

「そんな理由でこんな回りくどいことを？」

心底理解できず秋人が目を丸くすると、久我の口元に苦笑が浮かんだ。

「お前ほんと、根っからの研究者だな。自分がもらえるかもしれない金取られかけたっていうのに。普通はもっと悔しがるところだぞ」

言い終わらないうちに、久我が秋人の手首を摑んだ。

前触れもなく力強い指先に手首を捉えられ、秋人は鋭く息を飲む。そのまま久我は秋人の手を引いて廊下を歩き始めてしまうので、秋人は半ば悲鳴じみた声を上げた。

「く、久我、お前……っ！　馬鹿！　離せ！」

「外出たらな。こんな所で長居してるとまたあのおっさんに妙な難癖つけられる」

久我に引きずられるようにして廊下を歩く秋人は息をするのも覚束ない。

あんなにも触れたいと思った久我の手が、自分の手首を摑んでいる。小学生の頃秋人を校庭に連れ出したときと同じ、強引だけれど優しいその手に秋人は唇を震わせた。たったこれだけの身体接触なのに体中の力が抜けそうだ。前を行く久我の広い背中に凭れかかってしまいたくなる。

思うだけにとどまらず、久我に捉われていない方の手をうっかり久我の背に伸ばしかけてしまい、秋人は慌てて掌を握りしめると己を戒めるつもりで荒っぽい声を上げた。

「待て！　だったら薬は！　お前いつからあれが偽薬だと気づいていたんだ！」

久我は歩みを止めないまま、肩越しに秋人を振り返り涼しい顔で答えた。

「そんなの最初からに決まってるだろ」

さすがに最初くらいは騙されてくれたものと信じ込んでいた秋人は愕然とした顔を隠せない。そんな秋人を笑い飛ばし、久我は軽やかに言い放った。

「だってお前、嘘つくとき不自然なくらい目が合わなくなるだろ。見逃せっていう方が難しいよ」

くつくつと喉の奥で久我に笑われ耳朶《みみたぶ》が熱くなった。言われてみれば確かに薬の説明をするとき、自分は久我の目を見ようとはせず懸命に久我の手元ばかり見ていた気もする。下手に久我の目を見ると嘘がすべてばれてしまいそうで怖かったからだ。

「だ……だったら、薬が効いたというのも嘘なのか！」

だとしたら、少しでも久我の役に立てたと喜んでいた自分が間抜けすぎる。久我の目にもどれほど滑稽《こっけい》に映っていただろうと想像して羞恥に奥歯を噛み締めた秋人だったが、久我から返ってきた答えは予想と大きく違っていた。

「いや、薬が効いたのは本当。最近ほとんど幻聴は聞こえてない」

「でも、薬は偽物だとわかっていたんだろう？」

自分と違って久我は嘘をつくのが上手い。気を遣って口から出任せを言っているのではないかと疑ってみるが、久我はどこまでも自然な表情で首を振った。

「それでも効いた。薬っていうか……お前が一生懸命励ましてくれてる言葉に、救われた」

秋人の手首を摑んだまま長い廊下を歩き、久我はしみじみとした口調で言う。

「お前がこれだけ必死になってフォローしてくれる俺って、もしかして自分で思うよりもちょっと凄いんじゃない？　なんて思ったら、急に幻聴が小さくなった」

「そ、そんなことでか……？」

思わず声に疑いをにじませてしまった秋人に、久我は子供っぽく口を尖らせる。

「そんなこととか言うなよ。俺にとっては凄く自信になったんだから」

「す……すまない、本気で言ったのは間違いないんだが……」

それにしてもそんな他愛のないことで幻聴が治まってしまうのが信じられず、しどろもどろに秋人が言葉を選んでいると、久我がフッと表情を緩ませた。

「わかってる。本気で言ってくれてるのがわかったから幻聴だって引っ込んだんだ」

廊下を抜けてロビーに出ると、ずるいよなー、と久我は間延びした声を上げた。

「お前、薬の概要話してるときは絶対こっち見ないくせに、『お前なら大丈夫だ』って言うときだけは何がなんでも俺から目ぇ逸らさないんだぞ？」

そりゃ信じちゃうだろ、と秋人の前を歩く久我がぼそりと呟き、秋人は小さく喉を鳴らした。信じてくれたのか、と思ったらじわじわと胸が疼《うず》く。

久我が自分の言葉を受け入れてくれた。少しでも力になれた。それが嬉しい。薬を渡した夜、わざわざ研究室まで戻ってきて礼を言ってくれた久我が、薬に対してではなく自分の言

動に対して「ありがとう」と頭を下げてくれていたことを知って泣きそうになった。

堪えきれず、秋人は久我に掴まれた手の指を伸ばした。一度宙を掻いた指先が久我のスーツの袖口に絡み、たどたどしい仕種で久我の手首を握り返す。

もう抑えようもなく、久我に触れたいと思った。次の瞬間この手を振り払われてしまっても構わないから、今だけはどうしても触れたかった。

秋人の指先の動きに気づいて、ロビーを横切る久我の歩調が鈍る。肌を通して伝わってくるかもしれない久我のためらいや嫌悪を覚悟して秋人が深く俯くと、玄関の扉が開く気配とともに真正面から夏の乾いた空気が吹きつけてきた。

屋外に出ると、前触れもなく強く久我に腕を引かれた。勢い余って前につんのめり、秋人は久我の背中に顔から激突してしまう。広い背にしたたか鼻を打ちつけ、ついでに久我の匂いにも反応して大きなくしゃみをすると、上から久我の快活な笑い声が降ってきた。

よろけた勢いで久我の手首から指をほどいた秋人の手を、久我が力強く握り締める。驚いて見上げた顔に嫌悪の色はなく、久我は真夏の大きな青空を背に屈託なく笑って言った。

「俺には薬より、お前の言葉の方が効くみたいだ」

本気とも冗談ともつかない口調で久我は言い、その眩しさに秋人は棒立ちになった。

長く冷え固まっていた血液が、陽光を目一杯吸い込んだ外の空気で一気に溶かされるような心地がした。久我の力になれて嬉しいという思いと、これでもう久我を疑わなくて済むという安堵と、自分のために陰で奔走してくれた久我に対する胸を締めつけられるような思いがない交ぜになって襲いかかる。

その場から一歩も動けないまま、秋人は目を眇める。夏の強烈な日差しのせいばかりでなく、そうしていないと正面から久我の顔をまともに見られない気がした。

久我はごく自然な仕種で互いの手を離すと秋人に背を向け、面倒な問題はすべて片づいたとばかり日差しの下で大きな伸びをした。その背中を目で追って、秋人は喘ぐように息をつく。

次に久我がこちらを振り返ったとき、自分は普段通りの表情でいられるだろうか。顔は赤くならないだろうか。声は震えないだろうか。間違って、久我に好きだと告げてしまわないだろうか。

何ひとつ自信が持てず、秋人は白衣のポケットに両手を突っ込んで深く俯く。

直前の自分の行動が自分でもまだ信じられなかった。学生のときだってこんな気分にはならなかったのに。まさか大人になってから、衝動を抑えきれず自ら久我に指を伸ばしてしまう日が来るなんて、まして本当に触れてしまうなんて。

（……この先、どこまで私は自分を抑え続けられるだろう）

異動のことや久我のスパイ疑惑など、確かにやっかいな問題は解決したかもしれないが、自分の身の内に巣食う病は確実に悪化しているようだった。

思いがけない宇多野の本性が暴かれてから数日後、所長の氷室から正式に秋人をリード創出研究室に戻すという連絡が届いた。

久我が睨んだ通り秋人の急な異動は、会社から出る金一封を狙った宇多野の画策だったらしい。分け前を与えるからと人事部の部長まで巻き込んでいたそうだ。

ところが秋人が研究室を去った後は思ったほど新物質の効果が上がらず、焦りが募っていた矢先に宇多野は秋人と久我の会話を聞きつけたらしい。話の内容は半分も聞こえなかったそうだが、秋人が個人的に新薬の研究をしていると思い込んだ宇多野は会議室に秋人を呼びつけ、その成果を教えるよう迫るに至ったという。

功を焦ったところを久我たちに取り押さえられた宇多野はその後早々に研究室を去ることになった。リード創出研究室にはすでに後任の室長が据えられている。

さらに後日、秋人は自分が宇多野から研究室を追い出されたもうひとつの理由を知ることになった。なんと総務部の村上と宇多野は、以前不倫関係にあったらしい。

一之瀬経由でその話を聞かされたときは、親子ほども年の離れた二人がそんな関係だったとは俄かに信じられず開いた口が塞がらなかった。

村上は元から口の軽いタイプで、宇多野の名前こそ出さないものの方々で自分たちのことをペラペラしゃべってしまい宇多野としては気が気ではなかったそうだ。特に研究室で秋人と村上が弁当の受け渡しなどしながら自分の話をしているのを横目で見て、社内一の情報通と噂が高い秋人に自分たちのことがばれているのではないかと随分疑心暗鬼になっていたらしい。どうりで秋人を無理やりにでも研究室から追い出したかったわけである。

ちなみに、宇多野と村上の関係に気づいたのは、久我だ。宇多野が常備している飴の中に若い女性が好むチョコレート専門店で売っている飴を見つけ、さらに村上がそのブランドのファンだということに気づいて何気なく二人の様子を窺っていたそうだ。結果、村上をしつこく追いかけている元彼というのが宇多野だと気づいたという。

秋人も村上から同じ店のチョコ菓子をもらっていたのだが、宇多野の白衣のポケットから出てくる飴のパッケージがその店の包装紙と同じ物だなんてまるで気がつかなかった。むしろそんな些細《ささい》なことから隠された人間関係を暴いてしまう久我に、営業よりスパイの方が向いているのではないかと半ば本気で思ったくらいだ。

その久我にも、最近変化があった。地域を回るＭＲから、年末にリリースが予定されている新薬の販促チームに大抜擢されたのだ。営業部としては端からそのつもりで久我を他社から引き抜いたらしく、一応は地域営業の成果を見てから販促チームへの異動を発表する予定だったらしい。新薬と久我の関係を上司が微妙に伏せようとした結果、その違和感に気づいた笹部たちがスパイだなんだと妙な妄想を繰り広げてしまったのかもしれない。

ちなみに久我にスパイ疑惑をかけていた一之瀬と笹部はというと、その後久我の協力の下、目当ての女子社員と懇意になれたようで、今や掌を返したように久我になついている。「浅野さんのために奔走してくれてたなんて、本当に久我さんって友達思いのいい人ですね！」と調子よく笑うのは一之瀬で、「新人MRのプレゼン練習につき合う傍ら、世間話の延長で地道に地域の診療所の情報を聞き出していたなんて、久我さんの仕事に対する執念には感服します」なんて真顔で言うのは笹部だ。久我は実にいい手下を得たといえる。

唯一残った謎《なぞ》があるとすれば、会社のホームページに載っていた秋人のインタビューを見たはずの久我がそのことを伏せているということだろうか。

これも本人に問いただしてしまえば案外なんということもない理由しか残っていないのかもしれないが、秋人は未だにそれを久我に訊けずにいる。それどころか宇多野との悶着《もんちゃく》があった後、まだ一度も久我と顔を合わせていない。

もう偽薬は必要なくなったのか、久我は薬を受け取りに研究室へやってこなくなった。何度かこちらから連絡を入れてみようかとも思ったが、学生時代秋人が書いた手紙の内容に久我が触れかけたのを思い出すとどうしても二の足を踏んでしまう。同時に下級生からの手紙を渡したときの久我の顔まで思い出してしまうから、なおさらだ。

差し出された手紙には目もくれず、受け入れがたいものを見る目で秋人を凝視した久我の強張った表情と、奇怪なものを避けるように後ずさりしたあの仕種。

明確な拒絶を思い出せば今も引き裂かれるように胸が痛み、結局秋人はディスプレイに映し出された久我の名を見ただけで携帯をしまってしまう。

そんなことが半月近く続いた後、秋人のいる非臨床実験室を一之瀬と笹部が訪れた。ちょうど昼休みに入ったばかりの時間にやってきた二人は何やら改まった表情で、昼食の前に少し話ができないかと秋人に申し出てきた。

二人がどんな用件でやってきたかは知らないが、宇多野との一件を踏まえて秋人は他人の耳目が気にならない会議室で話を聞くことにした。

「浅野さん、研究室の片づけはもう終わりましたか？」

会議室へ向かう途中、後ろから一之瀬が控えめに声をかけてきた。

来月の頭には秋人もリード創出研究室に戻る。異動のため、最近の秋人は仕事の時間外に机周りの荷物をまとめ始めていた。

「粗方片づいたところだ。……なんだ、手伝ってくれるつもりで来たのか？」

「あ、いえ、そういうわけじゃないんですけど……」

珍しく歯切れ悪く呟いて、一之瀬は隣を歩く笹部と顔を見合わせる。この二人が自分の元を訪れる用件がまったく思い浮かばず首を傾げながら会議室に入ると、秋人は長机に二人を座らせ、自分も机の端の斜向かいに腰を下ろした。

秋人が無言で促してやると、二人は迷う様子で視線を交わし、まず一之瀬が意を決したように口を開いた。

「浅野さんって……久我さんと仲は悪くないですよね？」

やたらと思い詰めた顔で妙なことを尋ねてくるものだと思いつつ、秋人は頷く。

「まあ……悪くはないと思う。小、中、高と同じ学校だったしな」

「じゃあ、最近喧嘩したりとかは？」

今度は笹部が身を乗り出してきて、いや、と秋人は首を傾げる。ここのところ連絡こそとっていないものの、久我と諍《いさか》いを起こした記憶はない。

一之瀬と笹部は秋人の反応を見てなぜかホッとした顔をする。一体何が言いたいのだとますます首を傾げる秋人に、二人は真顔で向き合った。

「実は、久我さんのことでちょっとご相談があるんです」

「久我のことで……私にか？」

「はい。久我さん最近、大学病院の先生と大喧嘩しちゃったんです」

神妙な顔つきの笹部から飛び出した言葉に秋人は目を丸くした。あの久我がそんな不手際を踏むものだろうかと、とっさには笹部の言葉を信じられない。

「俺もその場にいたわけではないのでよくわからないんですが、調剤薬局の人が教えてくれたんです。廊下の外にまで聞こえる声で、そんなこと言ってないとか、確かに言ったとか、何か凄い剣幕で言い争っていたそうで……」

笹部の言葉に秋人は表情を強張らせる。久我と医者が言い争う言葉から真っ先に秋人が思い浮かべたのは、久我が悩まされていた幻聴だ。

「相手は大学病院の中でも幅を利かせてる先生なので、久我さんちょっと立場が悪いんです。下手すると、新薬の販促チームから外されるかもしれません」

せっかくの大抜擢だったのに、と笹部と一之瀬は揃って肩を落とす。これはと見込んでいた久我の思わぬ転落に、どうやら本気で意気消沈しているようだ。

秋人としても久我には華々しく新薬の販促チームで活躍して欲しいと思っていたところだから、口元に指を添え必死で解決策を考える。

「……もう、先方に謝罪には行ったのか？」

「それが、久我さんまだ謝罪にも行ってないんです。一刻も早く行った方がいいと思うんですけど、久我さんすっかり荒れちゃって……」

「俺たちも何か力になりたいんですけど、あの雰囲気じゃ声をかけるのも憚られて……」

しおしおと項垂れていた一之瀬が、すがるように秋人を見上げてくる。

「だからここは、昔のよしみで浅野さんに声をかけてもらえたらと思いまして」

「久我さんも、年下の俺たちの言葉じゃ耳を貸しにくくても、浅野さんの話だったら聞いてくれると思うんです。だから、お願いできませんか」

一之瀬に続き、笹部も真剣に訴える。

お願いします、と二人に頭を下げられても、秋人はしばらく動くことができなかった。

（……幻聴、治っていなかったのか）

そんな言葉が頭を巡り、次の瞬間弾けるように、当たり前だと胸の内で叫んでいた。

自分が久我に渡していたのは所詮なんの効果もない偽薬だ。そのことは早々に久我も気づいていて、プラシーボ効果すら望めなかった。そんなもので長年久我を苦しめてきた幻聴が治ってしまうはずもない。

それなのに大丈夫だと久我が笑うから、うっかり自分はそれを信じた。

きっとあれは単なる久我の強がりだ。あるいは薬をくれた秋人に対する気遣いだったのかもしれない。本当はまったく症状が改善されていないのに、秋人の必死さを見かねて治った振りをしていたに違いない。

（……私は一体久我に何をさせているんだ——……！）

深い後悔が襲ってきて、秋人は片手で前髪を握りしめる。

少し考えればわかりそうなものだったのに、自分は馬鹿みたいに久我の言葉を鵜呑《うの》みにして、定期的に顔を見せてくれるのに喜んで、久我が未だに苦しんでいることに気づけなかった。

（何か、他に私にできることはないのか）

もう偽薬を渡すことはできない。だからといって本当に久我の病状を改善させるような医学的なアプローチも思いつかない。

額に指先を当てて必死で考えても何ひとつ有効な手段は浮かんでこず、秋人は自分の無力さに歯ぎしりした。

（私にできることなんて、久我と一緒に大学病院の医者に謝りに行くことぐらいしか……でもそんなこと、久我の上司ならまだしも部外者の私が行けば逆に相手の機嫌を損ねかねないし……せめて久我と一緒に病院の入口まで行くとか、あとは……）

久我だったらどうするだろう、と思った。

あの用意周到で抜け目のない久我だったら。幻聴を患っていないいつもの久我ならどうするか。目端が利いて気の濃《こま》やかな久我だったら。

掌で作った影の下、秋人は固く閉じていた目を開ける。

思い浮かんだのは到底現状を解決できるとは思えない他愛もないことだ。けれどそんな他愛もないことしか自分にはできない。そしてどんなことでも、久我のためにできることがあるのならやっておきたい。

久我だって、名刺の裏にペンのインクが切れるほどコメントを書いたり、業界新聞に細かく目を通したり、診療所のちょっとした置物に目を配ったり、一見なんの役に立つのかわからない、でもそういう小さな積み重ねの末に結果を築いてきたはずだ。

「――……わかった。私が行く」

低い声で宣言すると、秋人は音を立てて椅子から立ち上がった。

明らかにいつもとは雰囲気の違う秋人を見上げ、一之瀬と笹部はうろたえたように自分たちも椅子から腰を浮かす。

「い、今からですか？　久我さん外回りで本社にはいませんけど……」

「本社には夜行く。私はこのまま早退する」

「か、帰るんですか？　あの、浅野さん、何をするつもりです……？」

思いがけず事態が大事になっているのではないかと急にそわそわし始めた二人を見返し、秋人は短く言い捨てた。

「大したことじゃない」

本当に、自分に大それたことはできない。

くだらない、と久我には呆れられるかもしれないがそれでもじっとしていられず、秋人は心配顔で自分を見送る一之瀬と笹部をその場に残し、白衣の裾《すそ》を翻して会議室を出た。


仮病を使う余裕もなく午後半休を申請して、一度自宅に帰った秋人が再び会社に戻ってきたのは、すでに社内の就業時間を過ぎた頃だった。

片手に大きな紙袋をひとつ提げ、ガサガサとそれを揺らして秋人は本社ビルを見上げる。

上階のフロアには明かりが灯《とも》っていて、まだ結構な人数が残っているようだ。

秋人は大荷物を手にビルに入ると、真っ直ぐに三階の営業部を目指した。

息せき切って駆けつけたものの、まだ久我が本社に戻っているかどうかわからないことに気がついたのはエレベーターに乗り込んでからだ。自分では冷静なつもりでいたが、やはり頭に血が上っているらしい。落ち着け、と自分に言い聞かせ、スラックスのポケットに入れていた携帯電話を探る。もし営業部で久我の姿を見つけられなかったら携帯から連絡を入れてみればいい。

ディスプレイに久我の名前が出ても、もう迷わず通話ボタンを押せる自信が秋人にはあった。今だけは、久我に疎まれるかもしれないなんてことは二の次だ。

ギュッと携帯を握り締めたところでエレベーターが三階に到着して扉が開く。もう一方の手で紙袋を摑んで勢いよくフロアに出ようとした秋人は、逆にエレベーターに乗り込もうとしていた人物と危うく正面衝突しそうになってたたらを踏む。そして、相手の顔を見上げて息を飲んだ。

扉の向こうにいたのが、今まさに会いに行こうとしていた久我だったからだ。

久我もまたこんな場所で秋人に会うとは思ってもいなかったのだろう。互いにとっさには声も出ず、無言で見詰め合っているうちにエレベーターのドアが閉まりかけ、久我が慌てて乗り場呼びボタンを押し直した。

「秋人……？　お前こんなところで何やってんだ？」

これから帰るところなのか、片手に鞄を持った久我に尋ねられて我に返った秋人は、エレベーターの中へ入ってこようとする久我をフロアに押し返し低い声で告げた。

「どこか二人で話のできる場所へ連れていけ。会議室でも打ち合わせ室でもなんでもいい」

「え、な、なんだよ急に？」

思い詰めた表情の秋人に戸惑った様子で久我は尋ねるが、秋人は話は後だと久我を急《せ》かす。

久我の案内で会議室までやってくると、秋人は部屋の中央に置かれていた長机の上に大きな紙袋をドサリと乗せた。

まだ部屋の入口に立ったままの久我は、わけがわからないという顔で秋人を見ている。笹部が言っていたほど荒れた雰囲気は伝わってこないが、きっと今は現状を把握するのに手一杯なのだろう。

秋人は紙袋に手を添えると、きっぱりとした声音で久我に言い渡した。

「今すぐこれを持って病院に行ってこい！　大学病院ならまだ医者も残っているだろう。謝罪は早い方がいい！」

室内に響く秋人の凜《りん》とした声に、久我は小さく目を瞬かせる。まだ状況が摑めていないらしい久我の前で秋人は紙袋の中を探ると、中から弁当箱をひとつ取り出した。それを手につかつかと久我に歩み寄り、久我の胸元に押しつける。

「謝罪に行く前に食べろ！」

言われるままに久我は弁当箱を受け取って、手の中のそれと秋人の顔を何度も何度も交互に見た。久我は何事か尋ねようとして小さく口を動かしたが、怒ったような顔で自分を睨み上げる秋人の迫力に負けたのか、言われるがまま弁当の蓋をカパリと開けた。

「おお、美味そう。だけど……、なんか、肉ばっかりじゃないか……？」

久我の言う通り、手渡した弁当の中身は副菜なんてそっちのけで鳥の唐揚げと牛肉のしぐれ煮がその大半を占めている。至極もっともな指摘に、秋人は力強く頷いてみせた。

「唐揚げは鳥の胸肉を使った。胸肉にはストレスを軽減する効果がある。牛肉にはアナンダマイドと呼ばれる神経伝達物質が含まれているそうだ。てっとり早く言えば前向きになれる効果がある。謝罪に行くには心穏やかで前向きな状態の方がいいだろう」

「それはまあ……」

歯切れ悪く同意する久我の前で、秋人はビシッと机の上の紙袋を指差した。

「相手の医者の弁当も入ってる！　こちらはしぐれ煮に豆腐を入れておいた。豆腐はリラックス効果がある、心に余裕が生まれればお前の話にも耳を貸してくれるはずだ」

「……秋人、でも」

「調剤薬局の職員には菓子を用意した！　甘い物だ！　だが白い砂糖は使ってない！　クーラーで冷えた体を黒糖が温めてくれるとでも言って女性陣を味方にしろ！」

途中で割り込んできそうになった久我の言葉を押しとどめて秋人は一気にまくしたてる。

久我が謝罪に行くというまで一歩も引くつもりはなかった。

久我は秋人の作った弁当を手に、途方に暮れたような顔で視線を落とす。笹部の言う通り本当に追い詰められているのかもしれない。こんな状態の久我にどうしてもっと早く気づいてやれなかったのかと、秋人は体の横で強く拳を握り締めた。

「……私には、こんなことしかできないが」

学生の頃と一緒だ。何ひとつ成長していない。ただ久我のために弁当を作って、そこにまつわる効能を語って聞かせて、所詮は気休め程度の効力しかないことを知りながら、それを糧に久我自身が動き出すのを促すことしかできない。

「――……せめて少しでも、お前の役に立ちたいんだ」

気を抜くと鼻の奥からツンとしたものが込み上げてきて、秋人は唇を噛み締める。秋人の微妙な声の変化を感じ取ったのだろう。久我はそれ以上余計な質問はせず弁当箱を机の上に置くと、ゆっくりと秋人の元に歩み寄ってきた。

久我の匂いが近くなる。鼻の奥が痛い。くしゃみと一緒に別のものもこぼれてしまいそうで、秋人はますます強く掌を握り込んだ。

「……頑張ってくれ。……こんなことしか言えないが、でも……頑張ってくれ。……見てるから」

こんなにも、子供のようなことしか言えない自分がもどかしい。情けない顔を久我に見せられず深く俯くと、すぐそばで久我が小さく笑う気配がした。

「……わかった。頑張る」

穏やかな声に、秋人は弾かれたように顔を上げる。見上げた久我は優しい顔で笑っていて、グッと胸の奥が詰まった。励ますつもりが、なんだか自分の方が励まされているようだ。

久我は強張った秋人の肩に片手を置くと、困ったように眉尻を下げた。

「でも俺、具体的に何を頑張ればいい？」

え、と秋人の口から間の抜けた声が漏れた。思いがけず緊迫感のない台詞に自分の耳を疑ってしまう。一瞬久我がこの場をごまかそうとしているのかとも思ったが、久我は本気で秋人の返答を待っているようだ。

「そ、それは当然、謝罪だ」

「うん、だから、誰に謝罪に行けばいい？」

「おっ、大喧嘩をしたという相手に決まっているだろう！」

久我はまた驚いた顔になって、喧嘩、と秋人の言葉をオウム返しにする。明らかに身に覚えがないという表情だ。

話が嚙み合っていないことを察した秋人は、昼間に一之瀬と笹部から聞いた話を手短に久我に伝えた。久我は考え込む表情で黙って秋人の言葉に耳を傾けていたが、しばらくしてからようやく眉を開いた。

「わかった。あれか」

「わかったか！　だったらすぐ謝罪に――……」

「いや、そういうんじゃないよ」

色めき立つ秋人に苦笑して、とりあえず座って、と久我が椅子を勧めてくる。奇妙に落ち着いた久我に違和感を覚えながら言われるまま椅子に腰を下ろすと、久我もその隣に並んで腰をかけ、ぐるりと視線を回した。どこから説明しようか頭の中で整理するように。

「多分、笹部が言ってるのは喧嘩じゃないよ。ただちょっとドクターと意見が食い違ってその場がヒートアップしただけの話で」

「それは……幻聴のせいか？　何か妙な声が聞こえて会話がちぐはぐになったとか、そういう……？」

久我の言葉が終わるのを待ちきれず秋人が尋ねると、たちまち久我の目が丸くなった。

「何言ってんだ、幻聴ならもうほとんど聞こえないって前に言っただろう？」

「し、しかしだな……」

「そうじゃなくて、最近学会で発表された症例の件でちょっと意見の相違があっただけだ」

「……ＭＲが、医者と学会の話をしたりするのか？」

秋人の声に意外な響きが混ざってしまったのは、ＭＲはあくまで自社製品の使用方法や効能を説明するだけの営業だという先入観があったせいだ。医者と専門的な医療の話などしているとは思ってもいなかった。

久我は椅子に腰かけたまま体ごと回して秋人の方を向くと小さく肩を竦めた。

「そういう専門的な話をMRとするのを嫌がるドクターも中にはいるけど、その人は海外で活躍してた期間が長かったから。海外じゃMRとドクターが意見交換したり、MRが医者に講義したりすることだって珍しくない。確かに話がヒートアップしてお互い声が大きくなったりもしたけど、こっちに戻ってきてからもMRとディスカッションができるとは思わなかったって、その人結構喜んでくれてたぞ？」

「だったら、喧嘩というのは……」

してないよ、と久我が苦笑する。むしろ話の按配《あんばい》から察するに、久我はその医者に気に入られてすらいるようだ。

最悪の事態が起こっているわけではないとわかった途端、秋人の体からいっぺんに力が抜けた。昼からずっと弁当だの菓子だの作り続けてガチガチに強張っていた肩や背中が、今頃酷使されたことを訴え軋《きし》んだ音を立てる。

「なんだ……だったらあれは、あいつらの勘違いか——……」

「いや、それはどうかな」

聞き捨てならない久我の言葉に、秋人はガバリと顔を上げた。

「なんだ！　やっぱり何か問題があって販促チームから外されかけてるのか！」

「いや、それもない。まったくない。全然ない。でも……そんなあり得ない話を、あの二人が単なる勘違いでお前に振ってくるとは思えない」

久我の言わんとすることがわからずキョトンとする秋人を見て、久我は少し意地悪な顔で唇の端を持ち上げた。

「……多分、お前また騙されたんだよ。笹部たちが言ったのは根も葉もない嘘だ」

半日近く久我の進退に胸を痛め、慣れない菓子作りに翻弄され、すっかり疲れ切っていた秋人はすぐには表情も変えられず、重たい瞼を上下させた。

「……どうしてそんな嘘を？」

生気の抜けた声で呟く秋人がさすがに哀れだったのか、久我は労《いたわ》るように秋人の肩を軽く叩いた。

「多分、あの二人が喧嘩してると思ってたのは俺と医者じゃなくて、俺とお前だ。だからこうやってお前をけしかけて、俺たちが話すきっかけを作ろうとしてくれたんだろ」

「そういえば、お前と喧嘩をしていないか訊かれたが……そもそもどうしてそんな勘違いをする？」

久我は黙って指の先で眉を掻く。そこに浮かんだのは言おうか言うまいか迷う表情で、なかなか口を開こうとしない。それでも秋人が答えを待ち続けると、観念したのか久我はぱたりと瞼を閉じて長机に肘をついた。

「この前、笹部と一之瀬の三人で飲んだんだよね。そのときにちょっと……俺もしかして、秋人に嫌われてんのかなって話をしたのが、原因だと思う」

敢えてこちらの反応を見ようとせずそんなことを言う久我に、秋人はゆるゆると目を見開いた。まさか久我にそんなふうに思われていたとは夢にも思わず、衝撃で全身が痺《しび》れて声さえ震える。

「ど、どうしてそうなる……何か私が、そんなふうに見えることをしたか……？」

「ああ、いや、そうじゃなくて……」

久我はやっぱり目を閉じて秋人を見ないまま口ごもり、しばらくは何か言葉を探していたようだが、最後は重た気な溜息と一緒に言葉を吐いた。

「お前さ、昔から俺の前でだけ態度変わるだろ。俺の顔見るなり滅茶苦茶顔顰めたり、近づくと思いっきりくしゃみしながら距離とろうとしたり。なかなか目も合わせないし、隙あらば顔背けようとするし」

「はっ？　いや、それは……」

「ガキの頃は本気でなんかの病気かと思ったけど、そんなわけないよな？　一之瀬たちに訊いたら、普段のお前は全然そんなことないって言うし。うっかり小学校卒業してからも、そんなもんかって不思議に思わなかった俺も大概阿呆だけど……そうか、もしかしたら俺ずっと、お前に嫌われてたのかもしれないなって、最近そう思って――……」

「ば……っ、馬鹿か！　そんなことがあるわけないだろう！」

とんでもない思い違いをしている久我の言葉を聞いていられず、秋人は会議室中に響き渡る声で久我の言葉を遮った。久我は大声にも動じず伏し目がちに瞬きをしただけだったが、ちらりと秋人の顔を見上げると、沈鬱《ちんうつ》そうな表情をたちまち弱りきった笑みで崩した。

「……そうなんだよなー。嫌いだったらこんなに必死になって弁当作ってくれたり、励ましてくれたりするわけないんだよな。だから俺、お前のことよくわかんないんだよ」

急に久我が表情を緩めるものだから、秋人は自分の中に湧き起こった怒りにも似た感情をどう始末していいのかわからず半端に唇を開け閉めすることしかできない。

鯉《こい》のように口をパクパクさせる秋人を見ておかしそうに笑った久我は、改めて真っ直ぐ体を起こすと正面から秋人の目を覗き込んだ。

「……本当はもう一生黙ってるつもりだったんだけど、言っちゃおうかな」

急に久我の口調が固くなって、秋人の心臓が不自然に跳ね上がる。息を詰める秋人の前で久我は口を開きかけ、けれどすぐに唇を閉じて眉間に深い皺を刻んでしまった。

「な、なんだ……早く言え！」

「……その前に弁当食べていい？」

「ふざけるな！　心臓に悪い！」

「俺だって心臓が痛いくらいだ」

冗談を言っているのかと思いきや弁当に手を伸ばす久我の顔は真剣だ。本当に何を言い出すつもりかと秋人は落ち着かなく椅子に座り直す。

「鳥の胸肉にはストレス軽減効果があるんだっけ？　緊張してるときによさそうだな」

箸で唐揚げをつまみ上げ、久我はそれを口に放り込む。

「……味はどうだ」

「美味い。牛肉はなんだっけ」

「前向きになれる。何かに迷っているときは牛肉を食べろ」

「ああ、今の状況にぴったりだ。……相変わらずいいチョイスしてる」

唇の端に笑みを浮かべた久我に褒められ、こんなときなのにほのかに胸の奥が温まった。頬も微かに赤くなった気がして手の甲でそこを擦ると、唐揚げに続いてしぐれ煮を飲み込んだ久我がぽつりと呟いた。

「秋人、お前俺のこと好きだろ？」

それが弁当の感想を言うときと同じくらい自然な口調だったので、秋人はすぐになんらかの反応を示すことができなかった。ただ、気楽に頷いてはいけない類の質問だということは反射的にわかって、表情も変えられないまま久我を見返す。

久我は弁当の縁に箸を添え、秋人から目を逸らさないまま真顔で言った。

「友達としてじゃなくて、そういう意味で好きだろう？」

久我の言葉からは余分なものが一切削ぎ落とされていたが、秋人には十分伝わった。

頭から爪先までいっぺんに血の気が引いていく。長年隠していた気持ちがあっさりと明るみに引き出され、現実味のない夢の中に迷い込んでしまった錯覚に陥りながら、秋人は頬に押しつけていた手を力なく膝に下ろした。

「……手紙を、読んだのか？」

「いや、読んでない。でもあれ、俺宛ての手紙だろ？」

確認の体《てい》はとっているものの、久我の言葉には確信めいた強さがある。どうしてわかった、と目顔で問えば、久我は口元を手で覆って苦笑を隠した。

「さすがに高校生にもなれば、薄々気づく。高校入学した頃からお前の態度やけにぎくしゃくし始めたし、もともとお前、嘘つくの下手だし」

久我がいつも通りの調子で話をするので、秋人もなんだか取り乱すタイミングを見失い、大きな溜息をついて椅子の背に凭れかかった。

高校に入学した頃というと、秋人が自分の恋心と向かい合い、学校のランクを落としてでも可能な限り久我の側にいようと思いを定めた頃だ。奇病の原因もわかり、これまでよりスムーズに久我とつき合えている気になっていたのだが、やはり自分はとことん嘘が下手らしい。

「……わかっていて、よく私と一緒にいられたな」

「確信は持てなかった。実際お前に何かされたわけじゃなかったし、やっぱりお前と一緒にいると楽しかったし」

軽い調子で口にされた久我の言葉に秋人は息を止め、それから口元にじわりとした笑みを浮かべた。きっと今、自分は泣き笑いのような顔をしているだろう。

同性の友人に恋愛対象として見られているかもしれないと知りつつも、一緒にいて楽しいと久我が言ってくれた。その言葉がもらえただけで十分だ、と思ってしまった。自分は十分、幸せだ、と。

「でも、卒業式が近くなった頃お前がラブレター書いたんじゃないかって噂が飛び出して、その時初めて本気で、もしかしてって思ったんだ」

久我は弁当箱の縁に添えていた箸を再び取ると、唐揚げをつまみ上げて口に放り込む。

「高校入ってから三年間も、お前は俺のことが好きなんじゃないかってぼんやり思ってたからさ、手紙は間違いなく俺宛てだって確信があった。だから手紙のこと知ってからは……どうやって断ろうかって、ずっとそればっかり考えてた」

瞬間、心臓の辺りに太く鋭い針をグッと押し込まれたような痛みが走って秋人は喉を鳴らした。当然想定できていたはずの言葉だったのに、一瞬本気で悲鳴が漏れそうになる。

久我は気遣うように秋人の顔をちらりと見たものの、そこで言葉を止めるつもりはないらしい。

「卒業式当日まで考えて考えて……でも結局お前から手紙は渡されなかった。あのときは、あれ、やっぱり俺の勘違いだったのかなって思って滅茶苦茶恥ずかしかった。自意識過剰すぎたかってひとりでベッドの上を転げまわったぞ」

口調こそ冗談めかしたものだったが、久我の目に一瞬影が過ったのを秋人は見逃さなかった。そこで一度言葉を切ってしぐれ煮を口に運ぶ久我は、何かを前向きに考えようとしているのかもしれない。咀嚼の時間が先ほどより長い。

「……小学生の頃、休み時間に俺が誘うとお前絶対外に出てきただろ」

急に話が小学校時代まで遡《さかのぼ》った。秋人は余計な口を挟まず首を縦に振る。

「他の奴が誘うと断られることの方が多かったけど、俺が誘うと絶対来てくれた。……でもそれって単純に、俺がお前のこと見てたからだ。だってお前相変わらずわかりやすくって、野球がしたければベイブ・ルースの伝記読んでるし、球技がやりたくないときは人がボール持ってるの見ただけで次の時間の教科書開いてたりするし」

「……そう、だったか？」

「そう。だから俺はそれを見ながら野球しようぜとか、今日は鬼ごっこやろうぜとか、そう提案するだけでよかった。おかげで俺、クラスではちょっとしたヒーローだったんだ。大人顔負けの舌鋒でクラスメイトを追い詰める秋人が、俺の誘いだけは絶対に断らないって」

クラスメイトたちが自分をそんな目で見ていたことも知らなければ、自分がそこまでわかりやすい子供だった記憶も曖昧で秋人は居心地悪く椅子に座り直す。それより何より自分が久我の誘いを断らなかったのは、単純に久我の言葉自体に逆らえなかったせいではないかと思ったが、それは口に出さずにおいた。

久我は目を伏せ、箸の先でしぐれ煮に入った千切りの生姜をつつく。

「多分その頃から無意識に、自分は秋人のことならなんでもわかってるって妙な自信を持ってたんだ。秋人の言うことならそれが嘘か本当か全部わかる。その自信を軸に、自分は他人の思ってることを見抜くことができるって信じ込んでたんだな」

若いってのは恐ろしい、と呟き、久我は口元に浮かべた苦笑を深くする。

「だから、高校卒業してすぐにお前と連絡がとれなくなったときは、どうしていいかわからなくなった」

結局秋人から手紙は渡されず、秋人に恋愛感情を抱かれているのではないかという疑いは一応晴れた。けれどまさかそのまま音信不通になるとは思わなかったと、静かな口調で久我は言う。

携帯が通じなくなったのは明らかに秋人が自分からの連絡を拒んだからだ。卒業式の直前までそんな素振りはまったくなかったのに。

「そのときに、急に怖くなった」と久我はぽつりと呟いた。

一見クールなようでいて感情が顔に出やすく、嘘をつくのが滅法下手な秋人は自分に隠し事などできるわけがないと思っていた。もしそんなことをされたとしても、自分なら当然それを見抜くことができるとも信じていた。

だが現実は、自分は秋人の真意を見誤り、卒業後は連絡さえとれない。

急速に、自分に対する自信が揺らいだ。

クラスメイトたちには読みとれない秋人の本音を読むことで、自分は周りより他人の顔色を窺う術《すべ》に長《た》けていると長年思い続けていた。その確信の屋台骨となる部分が唐突に突き崩されてしまったのだ。

自分は自分で思うほど相手の気持ちを察しているのだろうか。それ以前に、相手は自分にどれだけ本当のことを言っているのだろう。

言葉の裏など容易に見透かせると思っていた秋人が唐突に自分の元を離れた瞬間、久我の中に猛烈な不安が芽生えた。自分の立ち位置が百八十度ひっくり返り、今まで足を着けていた部分が空に変わってしまったような錯覚に立っていられなくなった。

それでもしばらくは自分をごまかし日常生活を送っていたが、他人との会話の最中、無意識に先回りして相手の言葉を想像しているうちに幻聴が聞こえるようになった。

「そ……それが、幻聴が聞こえるようになった原因なのか？」

久我が淡々と語る昔話を黙って聞いていた秋人は、堪えきれず掠れた声を上げた。それでは久我の幻聴を作った原因は自分ではないかと、一瞬で秋人の顔が青褪《あおざ》める。

それまで弁当を見詰めて話を続けていた久我は、秋人の強張った表情に気づくと慌てたように顔の前で大きく箸を振った。

「いや、幻聴っていっても実はそんな大したもんじゃなくって、耳鳴りと軽い空耳程度だったんだよ。大学にいる間にちょっと病院に通ってたのは本当だけど、卒業する頃にはすっかりよくなってた。お前に言ったほど深刻なもんじゃない」

「だったら、最近また幻聴が聞こえるようになったというのは……？」

それも嘘なのかと思ったら、久我は迷う素振りで視線を落とした。

「今年に入ってすぐかな。転職活動始めたばっかりで、偶然、本当に偶然この会社のホームページにお前のインタビュー記事が載ってるのを見つけて……久々にお前の顔見たら、幻聴が復活した」

あっ、と秋人は短い声を上げる。

「お前……やっぱり私の記事を読んでたのか！」

「ああ、やっぱりばれてた？　和菓子屋の話振ったときあからさまにお前の顔色が変わったから、なんかまずいこと言ったかなって気はしてたんだけど」

やはり久我には一から十まで自分の内面など読まれているらしい。今更肯定するまでもないと、秋人は矢継ぎ早に尋ねる。

「だったらお前は、私がいることを知っていてこの会社に入ったのか」

「まあね。もともと前の会社のやり方はちょっと合わないと思って転職活動してるときにお前の記事を見つけたんだ。そうしたらまたときどき幻聴が聞こえるようになって、これはもう、いっそお前に会った方が長年の奇病にもけりがつくんじゃないかと思って」

「でも、歓迎会で会ったときはそんなふうには……」

その事実を伏せた理由がわからず秋人が眉根を寄せると、久我はもう一口しぐれ煮を食べて薄く笑った。

「だって俺、十年前に突然の絶交宣言みたいなのお前から食らってんだぞ？　それなのに、お前がいたからこの会社に来たんだ、とか言ったらまた逃げられるかと思って。だからきちんと話ができるようになるまでは、ホームページ見たことは黙ってるつもりだった」

その一言に、秋人は雷に打たれたような衝撃を受ける。

自分はただ、久我が自分以外の誰かと一緒にいるところを見たくなくて、そんなものを見ていたら久我に自分の想いを打ち明けてしまいそうで、そしてそれは久我の迷惑にしかならないと思って久我と連絡を絶とうとしたのに。

多少は久我に不快に思われるかもしれないとは覚悟していた。けれどそれが、こんなふうに久我を傷つけることになるとは夢にも思っていなかった。自分の些細な行動がその後の久我の人生に多少なりとも影響を与えるなど、露ほども想像できていなかったのだ。

一之瀬や笹部に、自分は秋人に嫌われているのではないかと久我がぼやいたのも、実は冗談でもなんでもなく長年久我の中でしこりになっていた不安の結露だったのかもしれない。当時の自分がとんでもないことをしでかしたことを悟り、秋人は震える指先で自身の膝頭を握り締めた。

「……久我、すまない、私は――……そんなつもりはなかったんだ。お前のことを嫌って連絡を絶ったわけじゃ、なかった」

「じゃあ、どんなつもりで？」

久我の声は静かだ。唇にはやんわりと笑みすら含んでいるように見える。それでいて、秋人が黙り込むのを許さない無言の圧力がひしひしと伝わってくる。

いい加減、覚悟を決めなければいけないと思った。

十年前、自分の恋心が久我にばれてしまうのではないかと臆病風に吹かれ、最悪の方法で連絡を絶った自分のせいで長年久我は苦しんできたのだ。多感な思春期に自分に対する自信が大きく揺らいだ結果、幻聴に悩まされただけでなくその後の人間関係を築くのにも苦労したのは想像に難くない。

本当のことを言おうと口を開いたら、手紙を差し出したときの久我の表情が脳裏を過った。信じられないとばかり大きく見開かれた目と、互いの距離をとろうと身を引く仕種。当時は明らかな拒絶や嫌悪を見たくなくてすぐさま前言を撤回した。けれど今、とうとうあのときの続きを目の当たりにしなければならない。

想像しただけで胸が引き絞られるようで秋人がきつく眉根を寄せると、急に口元に何かが押しつけられた。ぎょっとして身を引こうとしたら口に添えられたものも追いかけてきて、何かと思えばそれは久我が箸でつまんだ唐揚げだ。

「食えよ。どんな想像してるんだか知らないけど、ストレス緩和されるぞ」

直前まで思い詰めた表情で昔の話をしていたのが嘘のように、久我は気負いなく笑ってそう言った。先程秋人が語って聞かせたばかりの胸肉の効能を、さも以前から知っていたかのように滑らかに口にして。

「気が楽になる。きっと口も軽くなる」

顔を背けることもできず、秋人は黙って口を開く。口内に押し込まれた唐揚げを噛み締め、こんなときなのに久我の言葉には妙な説得力がある、と場違いに思った。

きっと今更秋人が口にするまでもなく、久我は秋人の慕情を正しく見抜いている。けれど、それでも秋人の口からはっきりと言わせたいのだ。かつて失った自信を取り戻すために、そしてもしかすると、今度こそ完膚なきまでに秋人を拒絶するために。

十年越しの罰ならばそれもやむを得ないと思えたのは唐揚げのせいなのか、それとも久我の言葉のせいなのか、わからないが秋人は喉を上下させる。

正面から互いの視線が絡み合い、久我の静かな目に促されるように秋人は口を開いた。

「……久我が好きだ」

もう何年も何年も胸の中に押し込めておいた気持ちを、初めて本人に打ち明けた。

だが、それを言葉にした瞬間襲ってきたのは、怒濤のような後悔だけだ。

拒否されるのを前提にした告白だ。久我の顔を見たくないと思ったら一瞬で視界が濁って、本当に何も見えなくなった。

秋人は膝の辺りを握り締め深く俯く。眼鏡のレンズの上にバタバタと涙が落ちて、この年でこんなふうに泣くなんてみっともないと思うのに涙を止めることができない。

秋人は眼鏡を外すと、手の甲で乱暴に涙を拭って俯いたまま呟いた。

「本当のことを言って、お前に嫌われたくなかった……。でも側にいたらいつか黙っていられなくなりそうで、だから連絡を絶った。それがお前を傷つけることになるなんて、思わなかった。本当に……すまないことをした」

鼻声になりながらもなんとかそれだけは言えた。けれどこれ以上は無理だ。喉の奥から嗚《お》咽《えつ》が迫《せ》り上《あ》がってきて声にならない。

この後に返ってくるだろう久我の罵《ののし》りの言葉も嫌悪の表情も甘んじて受け入れるつもりで秋人が身を固くしていると、向かいに座る久我が長い長い溜息をついた。

ビクリと秋人の肩が震える。「秋人」と久我に名前を呼ばれ全身が硬直する。

顔を上げなければ、そうして久我の罵声《ばせい》を正面から受けなければと思うのに体が動かない。

好きな人に拒絶されるのは、覚悟していた以上に辛い。襲いくる痛みを想像すると、怯えて身動きもとれなくなる。

それでも再三名前を呼ばれてしまえば顔を上げないわけにもいかず、秋人は涙でぐしゃぐしゃに濡らした面を上げた。

ぼやけた視界の中には自分の作った弁当を手にした久我がいる。いっそ弁当を床に投げ捨てられるのではないかと考える秋人の前で、久我はどうしてか泣きそうな顔をして笑った。

「俺もお前が好きだよ、秋人」

秋人は片手に眼鏡を持ったまま黙って久我の顔を見詰め返す。瞬きのたびに目の端から涙がこぼれ、呼吸が何度も不規則に跳ねる。しばらくして、ああ、と緩慢に秋人は頷いた。

「後先考えずお前にひどいことをした私と、これからも、友達でいてくれるのか……？」

十年の月日を経て、久我も随分大人になったと思った。学生の頃はもっと隠しようもなく自分を拒否しようとしていたのに。

けれど久我は、相変わらず泣き笑いのような顔で首を振る。

「違う。そうじゃなくて……俺もそういう意味で、お前のことが好きだよ」

「――……」

顎から滴り落ちる涙が、スラックスの上にいくつも落ちて染みを作る。

秋人は久我の言う意味が理解できずしばらく口を噤んでいたが、時間が経つほどにますますわからなくなってとうとう両手で顔を覆ってしまった。

「……何を言ってるんだ、お前は……。さっき自分で言っただろう、私が手紙を持ち歩いているのを知ったとき、どうやって断ろうかさんざん悩んだと」

「うん。悩んだ。どうやったらお前のこと傷つけずに断れるか必死で考えた」

「――……みろ、断る前提じゃないか」

そうだけど、と久我は吐息の混じる声で呟く。

「断って、こういうふうにお前が泣いたりしたらどうしようと思った。俺はお前の気持ちに応えられないけど、最後に何かしてやれることはないかって考えて、握手ぐらいしようかな、とか、もしかしたらもっと、いつもやってるふざけ合いの延長で抱きしめてやることぐらいできるかな、とか……もしかしたらキスまでだったらしてやれるかもしれないって考えてるうちに、なんかおかしくなってきた」

予想もしていなかった久我の言葉に、秋人は顔を覆った両手の下で目を瞬かせる。恐る恐る顔を上げると、久我は秋人の泣き濡れた顔を見て束の間口を噤み、珍しく自分から目を逸らした。

「どこまでできるだろうって考えるうちに、どんどんお前相手だったらできないことなんてないんじゃないかって気分になってきたんだ」

「そ、それは、どういう――……」

久我の言葉が半分も理解できず秋人が呻《うめ》くような声を上げると、久我は鼻の頭に皺を寄せて目を閉じてしまった。

「具体的に何考えてたのか教えてやってもいいけど、多分お前、卑猥《ひわい》すぎてドン引くぞ」

一体当時の久我がどんなことを考えていたのかは想像もつかないが、そういう妄想に自分が紛れ込んでいたのだと思うとうっすらと耳が赤くなった。とはいえその言葉を鵜呑みにすることもできず、秋人は涙声を振り絞る。

「でもお前は……っ、私が下級生からの手紙を渡したとき、私からの手紙だと勘違いして受け取るのを拒否しようとしただろう…っ…。あのとき自分がどんな顔をしていたか、お前は知らないからそんなことを――……」

「仕方ないだろ、あのときは自分でも気持ちの整理がついてなかったんだから」

言いながら、久我は弁当の三分の一を占める白飯にようやく箸をつけ始めた。

「あの頃は本当に、お前と何がどこまでできるかって、言うに憚るような想像ばっかりしてたんだ。しかもそれが全然無理じゃなくて、でも自分はホモじゃないはずだって必死で否定してたときにお前から手紙渡されたんだぞ？　受け取って読んだら最後、とうとう自分がホモか否かはっきりするんだと思ったら怯まない方がどうかしてる」

「でも、こ、断るつもりだったんだろう……？」

「そのつもりでいろいろ想像してたら、わからなくなった。実際お前が思い詰めた目で差し出してくる手紙なんか読んだら断れなくなる気がして、だからあのとき受け取るのに迷った」

箸を動かす手を止め、久我は秋人でも弁当でもない、宙の一点を見詰める。

「……でも、もしあのときお前が本当に自分の書いた手紙持ってきてたら……俺、お前とつき合ってたかもしれない」

「まさか！　そんなの嘘だろう！」

思わず強く否定すると、久我が眉を跳ね上げた。

「なんで嘘なんだよ？」

「だってお前、あの後すぐに手紙の差出人だった下級生のところに行っただろうが！　そのままつき合ったんじゃ……」

「つき合ってない。そうじゃなくて、本当にあの手紙を書いたのがお前じゃなかったのか確かめに行っただけだ。お前意外と用心深いから、他人の名前借りて手紙書いて、俺の反応によっちゃあ自分が書いたこと伏せたりするんじゃないかと思ったんだよ。むしろ本当にあの下級生が書いたもんだってわかってガッカリしたぐらいだぞ」

何気なく久我が言い放った言葉に秋人は目を見開く。その反応を見た久我が、そうだよな、と微苦笑を漏らした。

「ガッカリしてる時点で認めればいいもんを、俺も大概往生際が悪かった」

弁当を膝の上に下ろし、久我が真っ直ぐ秋人を見る。視線だけで秋人をがっちりと拘束して、久我は揺るぎのない口調で言った。

「俺もお前が好きだよ、秋人」

「――……っ……」

「お前が俺のことを好きだって言ってくれたのと同じ意味で好きだ」

またしてもぼやけていく視界の中で久我が笑う。

こんな都合のいい展開があっていいはずがないと秋人は首を振り、嘘だ、と呻こうとしたところで唇に何かが押しつけられた。

微かに甘辛いそれは、どうやら牛肉のしぐれ煮だ。

「食え。前向きになれるから」

箸でつまんだしぐれ煮を久我が押しつけてくる。やたらと学習能力の高い男は、秋人が伝えたばかりの情報をきっちり覚えて秋人自身に教え返す。

「嘘だとかあり得ないとか、そんなネガティブなこと考えるなよ。牛肉には前向きになれる成分が入ってるんだろ？　だからそれ食って、前向きに検討してくれ」

秋人は瞬きのたびにぽろぽろと涙をこぼし、言われるままに口を開く。ゆっくりとしぐれ煮が口内に押し込まれ、秋人は泣きながらそれを咀嚼した。

久我の言葉を信じてしまっていいのかどうか、口を動かしながら考えてみた。

嘘かもしれない。信じた後でこっぴどく裏切られるかもしれない。そう思うのに、口の中のものを飲み込む頃には、秋人はあっさりと久我の暗示にかかっている。

嘘だったとしてもいいんじゃないか。長年想いを寄せてきた久我が好きだと言ってくれたのだ。一度だけでもいい、その言葉を受け入れて、自分も本当のことを口にしよう。

前向きになれる、と断言した久我の言葉が耳の中で何度も蘇り、秋人は濡れた目元を手の甲で拭った。

「…………わかった、信じる」

「ほんと？」

頷いて、秋人はまだ頬を一部濡らしたまま久我を見上げる。

「私もお前が好きだ」

言い終えないうちに、また唇に何か押しつけられた。

だがそれは唐揚げでもなければしぐれ煮でもなく、ましてや白飯でもない。

一瞬だけ、軽く押しつけられてすぐ離れたのは久我の唇だ。

キスをされたのだ、と理解して完全に息を止めた秋人の顔を至近距離から覗き込み、久我は声を潜めて笑う。

「やっぱりお前の作る弁当、相当ご利益あるよ」

突然のことに対処できずただ目を丸くするばかりの秋人に、久我はもう一度掠めるようなキスをする。瞬間、鼻先にかつてないほど強く久我の香りが漂った気がして、秋人は部屋中に響き渡るような大きなくしゃみをひとつした。

積年の想いを伝え合ったばかりの甘い雰囲気をくしゃみひとつでぶち壊しにした秋人は、問答無用で久我に手を引かれて久我の自宅までやってきた。

久我の住むマンションはオートロックの真新しいもので、エントランスも広く明るかった。久我に手を引かれてエントランスを横切りながら、先日のように手首を掴むのではなく、しっかりと互いの指先を絡めた手の繋ぎ方に、本当に何かが変わったのだと秋人はぼんやりと思った。この期に及んで、久我も自分を好きでいてくれたのだという現実味が乏しい。

エレベーターで上階に上り自室の前に立つと、久我は秋人の手を離さないまま片手で器用に鞄から鍵を取り出した。それを見て、秋人は軽く目を瞠る。

久我は鍵にキーホルダーをつけていた。もう何年も使っていたのだろう。キーホルダーについていたのは先端が丸みを帯び、全体的に黒ずんだミニチュアの木刀だ。

秋人の視線に気づいた久我が慌てた様子で手の中にキーホルダーを握り込む。

いかにも高級なマンションに住み、仕立てのいいスーツを難なく着こなす久我には似合わない土産物屋のキーホルダー。何も言うなとばかり強く秋人の手を引いて玄関の扉をくぐった久我の後を追い、秋人もスラックスのポケットから自宅の鍵を取り出した。

「久我、今のキーホルダー……」

「いや、あれは別に……」

「わ、私も持ってる」

背後で玄関の戸が閉まる。振り返った久我は秋人が手にしたキーホルダーを見て目を丸くした。お互いに言わなくとも、それが中学の修学旅行で買った代物だということはすぐにわかった。学生時代は一度もそれを使ったことなどなかったのに、大人になってから互いにそれを使っている意味も。

「……ダセェ」

久我はぽつりと呟いて、それから思い出したように肩を震わせて笑い始めた。

「じ、自分だって同じ物を使っているくせに、何を言う」

「いや、他人が持ってるのを見ると破壊力が違うもんだな。だって、木刀って…っ…」

笑いながら久我が秋人に両腕を伸ばしてくる。身構える隙もないくらい自然な仕種で秋人を胸に抱き寄せると、久我は上向いた秋人の唇を自分の唇で塞いだ。

柔らかく唇を噛まれたと思ったら、無防備に薄く開いていた唇の間からするりと久我の舌が忍び込んできた。会社でした重ねるだけのキスとは違うそれに、秋人の体が跳ね上がる。

「ん…っ…く……」

久我の名前を呼ぼうとするが、鼻から妙に甘い声が抜けるばかりで上手くいかない。その間も、久我の舌は秋人の口内を余すところなく蹂躙《じゅうりん》する。相手の動きにどう応えていいかわからず動けない秋人の舌に自分の舌を絡ませ、敏感な顎上をぞろりと舐め上げるその動きに、秋人の腰ががくんと落ちた。

尻餅《しりもち》をつきそうになった秋人の腰に久我が腕を回し、強い力で引き上げる。互いの体がそれまで以上に密着して、秋人はいっぺんに眩暈と酸欠を起こしそうになった。

緊張して呼吸を止めてしまっていたのか、唇が離れると軽く息が上がっていた。対する久我は濡れた唇に余裕のある笑みを浮かべ、秋人の顔を至近距離から覗き込む。

「もうくしゃみは出ないか?」

「い……今は……なんとか……」

「顔真っ赤だ。赤面症だっけ?」

心拍数が上がりすぎて声すら震わせている秋人の耳元に久我が唇を寄せる。

「耳まで熱くなってるのは自律神経失調症だっけ。心臓バクバクいってるのは不整脈?」

まだ玄関先で靴も脱いでいないのに、背中を壁に押しつけられた格好で久我に耳朶を舐められて秋人は背筋を震わせる。その上久我は秋人の腰を抱いていない方の手でワイシャツの上から胸を探ってくるので、秋人は小さく身をよじった。

「お前……そんなものまだ覚えて……」

「だってお前がいつもそう言ってたから」

からかうような口調で言って、久我は秋人の耳を軽く噛む。

「子供の頃は本気でお前は病弱なんじゃないかって心配したもんだけど」

「し、信じてなかったのか、途中から」

当たり前だろう、と久我が笑う。耳の裏を柔らかな笑い声にくすぐられ、秋人は震えそうになる膝を必死で抑え込んだ。

「高校生にもなればさすがに信じない。お前も昔ほど大げさに態度に出なくなってたしな。むしろ社会人になってからの方がひどくなってて、本気でどっか病気なんじゃないかって心配したぞ」

「……病気じゃない、お前のせいだ」

久我の指先がシャツの上から胸の突起を掠める。そこだけ肌の感触が違うようで秋人が身を引こうとすると、狙い定めたように同じ場所を指で弾かれた。

「知ってる」

「……っ」

「俺の隣にいるときだけ態度が違う。学生の頃からわかってた。でも、高校卒業してお前と連絡がとれなくなってからは、全部自分の自惚《うぬぼ》れだったんだと思った」

薄い布地の上から繰り返し同じ場所を擦られると腰の奥がじわりと熱くなり、秋人は自分の体の反応に戸惑う。

「……でもやっぱり、自惚れじゃないよな？」

爪の先で軽く先端を引っかかれ、うっかり短い声が漏れた。慌てて唇を噛んだが遅く、久我は確信を得たように何度も同じ場所を刺激してくる。

「く、久我……よせ……嫌だ……」

首筋を甘噛みされ、声が弱々しく震えてしまう。鼻先に久我の肩が当たり、息をするたび久我の匂いに包まれるのに、こんなときに限ってくしゃみが出ない。腰は久我に強く抱き寄せられたままで、じわじわとそこに熱が集まっていくのを悟られまいと秋人は力なく久我の胸を押し返した。

久我は秋人の首筋から顔を離すと、一直線に秋人の顔を覗き込んでくる。

相手の心の奥底まで見透かすような真っ直ぐな視線と、整いすぎて少し怖いくらいの端整な顔。威圧感に目を逸らしそうになる直前で目元が華やかに緩むのはいつものことで、そのたび何度でも秋人は久我の笑顔に見惚《みと》れる。

「本当に嫌ならもう少し嫌そうな顔してくれないと、引く気にならない」

シャツの上からすっかり勃《た》ち上がった胸の先端を引っかかれ、秋人は鼻から抜けそうになる声を押し殺し弱々しく久我から顔を背けた。自分の顔ににじむ表情がどんなものか、言葉にされなくてもわかってしまって羞恥に顔を上げられない。

秋人、と耳元で名前を呼ばれ、秋人はきつく目をつむる。久我は構わず秋人の耳に甘い声を流し込んできた。

「……高校生の頃の俺の妄想につき合ってくれる?」

なんの話かと思えば、秋人に告白されたときどこまで相手の希望に沿えるか延々想像していた内容だと耳元で言い含められた。

高校生の久我は一体何をどこまで想像していたのだろう。羞恥の裏からちらりと好奇心が顔を覗かせ、秋人は小さく頷く。微かに顎先を動かしただけの首肯《しゅこう》を久我は見逃さず、すぐさま秋人を部屋の奥へと招き入れた。

ひとり暮らしにしては広い1LDKの部屋を通り抜け、久我が当たり前に連れてきたのはベッドルームだ。部屋の明かりもろくにつけぬままベッドに押し倒され、秋人はさすがに目を白黒させた。

半ば予想はついていたものの、迷いもなくベッドの上で膝立ちになってスーツのジャケットを脱ぎ始めた久我を見上げて秋人はあたふたと上半身を起こそうとする。

「く、久我、お前、ちょっと待……うわっ」

ネクタイを緩めた久我は躊躇なくワイシャツも脱ぎ落とし、突然露わになった広い胸にうろたえ秋人は再び背中からシーツの上に倒れ込んでしまう。ひとりで右往左往する秋人を見下ろし、久我は面白そうに唇の端を持ち上げた。

「なんだよ。性欲全開の高校生の妄想がお手て繋いでキスして終わりなんて思った?」

「い、いや、それは……」

それなりに想像はついていたとも言い出しにくく言葉を濁しているうちに、久我は秋人のシャツのボタンを器用に外して袷《あわせ》を左右に開いてしまう。夏とはいえいきなり素肌が外気に晒され身を竦めた秋人の胸に、久我はゆったりと掌を滑らせる。

「抱きしめることはできると思ってた。キスもできるんじゃないかって。服を脱がせても、お前色白いし、華奢《きやしや》だし、案外興奮するんじゃないかと思ってた」

脇腹を指先で撫で上げられ、くすぐったさだけではない奇妙なざわつきに秋人は戦慄《わなな》く。こちらを見下ろす久我の目に熾《おき》のようにちらちらと燻《くすぶ》る感情が見え隠れして、その火にあぶられるように久我が視線を滑らせる箇所が熱くなる気がした。

「じ、実際には、どう……あっ！」

言葉の途中で胸の突起に久我が触れてきて、秋人はビクンと背中を反らせる。シャツの上から触れられていたときとはまるで違う生々しい感触に一瞬で言葉が崩壊した。

久我は秋人の反応を楽しむ様子で尖った先をこね回してくる。これまでそこを性感帯として意識したことなど一度もなかったのに、久我に触られていると思うからか、それともそのねっとりとした動きのせいか、背筋を甘ったるい痺れが駆け上がって秋人は久我の手首を摑んだ。

「や、やめ……ん……っ」

「うん……想像してた以上に色っぽい」

感慨深気に呟かれ、カッと秋人の頬が赤くなる。返す言葉もなくただただ久我の手首を掴み続けていると、するりと久我の手が移動した。

「高校生の想像力なんてたかが知れてる。エグイことなら次々思いつくのに、お前がこういうときどんな顔するかはどうしても想像がつかなかった」

久我の手が胸から離れホッとしたのも束の間、秋人の目元に唇を寄せて久我は楽し気な口調で告げた。

「もっと怒られるかと思ったら、意外と可愛い反応しかしないんだな」

「……！　お前……っ、蹴《け》るぞ！」

一瞬本気で蹴ってやろうかと膝を立てると、その隙に久我が秋人の脚の間に身を滑り込ませてきた。その勢いのままスラックスのホックに指がかかり、一気にファスナーまで引き下ろされる。ギョッとして脚を閉じようとしたが膝の間に久我が体を割り込ませているので叶わず、あっという間に下着越しに久我の手が秋人自身に触れる。

「ひ……っ……ぁっ」

すでに形を変え始めていたものを久我の大きな手で包み込まれ、全身をぶるりと震えが走った。驚きと羞恥で声も出ない秋人のそこを幾度か掌全体で撫でさすって、久我は躊躇なく下着の中に手を滑り込ませる。

迷いのないその動きに、秋人は目元まで赤く染めてじたばたと爪先で宙を蹴った。

「お前……っ、こ、こんなことも想像してたのか…っ……！」

「そうだな。触れるかどうかは結構本気で考えた。他の男だったら頼まれたって断るとこだけど、お前だったらどうだろう、とか」

久我の長い指先が先端から根元をゆるりと撫で下ろし、秋人は息を引き攣らせた。真上からのしかかってくる久我の大きな体と熱を帯びた視線を意識すると、かつてない速さで体の中心に熱が集まってくる。たらりと先端からこぼれた先走りが久我の指先を濡らし、滑らかになった動きがさらに秋人を追いつめる。

「ん……んん……っ……や、ぁ……ぁ……っ」

制止の声は片っ端から甘く蕩《とろ》け、室内には甘い喘ぎしか響かない。闇の中、久我は手の中のものを弄びながら密やかに笑った。

「触れるだろうな、とは思ってたんだが……こうやって他人のもんが自分の手の中で形を変えてくのがこんなに興奮するものだとは思ってなかったな」

「ばっ……あっ！　あぁ……っ」

「それに、お前の顔はもちろん、声なんてもっと想像してなかった。……色気が半端ない」

微かに笑いながら先端の割れ目を指先で撫でられて、秋人は片手で勢いよく口元を覆い隠した。それでも鼻から甘ったるい息遣いが漏れてしまって必死で息を殺す。

窒息するぞ、と苦笑して、久我が秋人の下着から手を抜く。ようやく息がつけると思ったのは一瞬で、今度は下着ごとスラックスを引き下ろされ下半身が剝き出しになった。ついでのように靴下まで脱がされ、素肌にシャツ一枚引っかけただけの格好になった秋人は大慌てでシャツの前を掻き合わせるが、肝心の下は隠しようがない。

久我は秋人の慌てぶりを笑い飛ばして身を屈めると、秋人の立てた膝頭に唇を押し当てた。内股《うちもも》を掌で撫で下ろし、その後を追うように唇を滑らせる。経験の浅い秋人はその行動の意味することに気づくのに時間がかかり、気がついたときにはもう雄の先端に久我の唇が押し当てられていた。

「……くっ、久我！　馬鹿、お前何を――……っ！」

悲鳴じみた抗議の声は途中でぶつりと途切れて終わる。体の一番敏感な部分が温かく湿った粘膜に包み込まれ、全身を細かな泡の粒がすり抜けていくような快感に本気で息が止まった。

「ひ……あ……あぁ……」

過敏になっていた場所をゆっくりと舌の上で舐め溶かされて、秋人は久我を止めることもできず後ろ頭をシーツに押しつける。

経験が浅いどころか、実はこの手の行為に及んだことなど一度もない秋人だ。久我への恋心を自覚して以来、自分には真っ当な恋愛などできないのだと諦めてろくに相手を探すこともしなかった。それ以前に、久我以上に心惹かれる相手に出会ったこともない。

知識としてしか知らなかった行為をまさか自分が受ける日が来るとは思わず、しかもその相手は長年想いを寄せてきた久我で、羞恥と混乱と快感がない交ぜになった秋人はされるがままにベッドの上で全身を硬直させる。

ジュッと音を立てて吸い上げられるたびに腰が跳ね、くびれた部分を舌先で辿られるだけで膝頭がガクガクと震えた。全体を行き来する滑らかな舌の感触に、唇からは甘い嬌声《きょうせい》が溢れて止まらない。

「あ、あ……や、く……あぁ……っ」

久我の名前ひとつ舌に乗せることができない。今にも弾け飛んでしまいそうな自身を抑え込もうと額に汗を浮かべてシーツを握り締めていると、反り返った雄のつけ根に久我の指先が添えられた。その指がゆっくりと後ろに移動して、狭い窄《すぼ》まりに触れる。

久我の口に含みきれなかった唾液《だえき》や先走りが滴ったそこはたっぷりと濡れている。その感触に気づきながらも、雄を咥《くわ》え込まれたままの秋人は荒い呼吸を繰り返すのが精一杯で何ひとつ言葉にすることができない。指先が慎重に侵入してきたときも、小さく息を引き攣らせただけでまともな抵抗はできなかった。

「あっ……あ……ん……っ」

敏感な場所を温い粘膜に包まれゆるゆると刺激され、これまで自分で触れたこともない体の奥まった場所を押し開かれて、すぐには快も不快も判断がつかなかった。ただ自分が久我にとんでもないことをされていることだけはわかって羞恥で目の前が赤く染まる。

「や、や……あっ……」

狭い場所に長い指が侵入してくる。息苦しさに秋人が少しでも引き攣った声を上げれば、久我の舌と唇が前より激しく秋人を追い立てる。そうされると苦痛はあっという間に快感で溶かされて、秋人の口からこぼれる声もたちまち甘くなった。

指の腹でとんでもない場所を探られているというのに、段々とそれに慣れていく自分に秋人は怯える。前への刺激だけでなく、後ろを嬲《なぶ》られるときにも感じる背筋の震えに説明がつかない。指の本数が増やされても痛いと思うのは最初だけで、すぐさま別の感覚にすり替わる。前で刺激を受けるときとは違う、重苦しくも甘い感触に翻弄《ほんろう》されっぱなしだ。

幾度目かに内壁を押し上げられたとき、秋人の内股に大きな震えが走った。

これまでにない鋭い声を上げて顎を仰け反らせた秋人の反応に久我が素早く反応する。同じ場所を指で刺激され、秋人は初めて両足をばたつかせて久我の指から逃れようとした。

「く……久我っ、あっ、や、やだ、それは――……っ」

急速に追い上げられていくのを自覚して秋人が切羽詰まった声を上げると、それまでずっと顔を伏せていた久我が瞳だけ上げて秋人を見た。

暗がりでよく見えなかったが、久我は目を細めてほんの少しだけ笑ったらしい。あとはもう秋人の制止の声が降ってくるより先に、大きく頭を上下させて口に含んだものを唇で扱《しご》き、内側に押し込んだ指を出し入れさせる。

「ひっ！　やっ、あぁっ！」

強すぎる快感に悲鳴のような声が上がった。自分の背丈よりずっと高い波に頭から襲われた気分で、抗う間もなく絶頂へと追い上げられる。自分を律することなどものの数秒も持たず、秋人は大きく目を見開くと久我の口の中で自身を解き放ってしまった。

室内に、自分の心臓の音と乱れた呼吸音が響く。すぐには動き出すこともできず、秋人は半ば呆然と天井を見上げて脱力した体をシーツに投げ出した。

しばらくすると、目の端にじわじわと涙が浮いてきた。羞恥心やら罪悪感やら、自身の許容量を超えた感情が涙になって溢れ出す。

グスグスと鼻を鳴らし始めた秋人に気づいて、久我が驚いた表情で顔を上げる。口の中のものをどう処理したのかは恐ろしくて確認する気になれず、秋人は濡れた頬をシーツに押しつけて久我から顔を背けた。

「何泣いてんだ、痛かったか？」

「……っ、そうじゃない…っ…、お前、高校生の分際で、あんな想像を…っ…」

「だから言っただろうが、卑猥すぎてお前ドン引くって」

「し、信じられない……！」

久我はベッドの上を膝立ちで移動して泣きじゃくる秋人の隣に身を横たえると、秋人の眼鏡をひょいと外してその頭を胸に抱き込んだ。

「悪かった。ちょっと無茶しすぎた」

濡れた頰を大きな掌で拭われ、それだけで安心して体の強張りを解いてしまう自分が悔しい。久我の胸を押して身を離そうとするが、頰に柔らかくキスをされるとたちまち両腕から力が抜けてしまった。濡れた頰に張りついた前髪を後ろに梳《す》かれ、愛《いと》し気に顔を覗き込まれてしまえばもう、怒った顔を取り繕うこともできない。

「……嫌だったか？」

こんなときに一等優しい声を出す。悔し紛れに「当たり前だ」と返してやると、久我が喉の奥で低く笑った。

「だから、本当に嫌だったらもう少し嫌そうな顔してくれ」

調子に乗る、と囁いて、久我が秋人の背中を指先で撫で下ろす。背中から腰、さらに双丘の間に久我の指が滑り込んで、秋人は微かな溜息をついた。

まだ濡れているその場所に久我の指先が忍び込んできても、嫌な顔などできなかった。むしろ期待に似たものを感じてしまい、秋人は久我の胸に額を押し当てる。

ふと視線を落とすと、スラックスを穿いたままの久我の足元が見えた。

「……お前は脱がないのか？」

久我は秋人を見下ろして、唇にひっそりとした笑みを浮かべる。

「俺が今脱いだら何が起こるか、お前わかってて言ってる？」

窄まりをゆるゆるとなぞられながら問いかけられ、秋人の頬が赤く染まる。黙っていると羞恥が募り身動きがとれなくなってしまいそうで、久我の顔は見ないまま言葉を繋いだ。

「高校のときは、この先は想像しなかったのか……？」

「いや、当然したけど」

「だったら――……」

続く言葉は飲み込んで、秋人はそろそろと手を伸ばしスラックスの上から久我の雄に触れた。気恥ずかしかったが、直前に自分がされたことを思えばどうということもない。

むしろ驚いたのは久我の方だったらしく、斜め上から鋭く息を飲む気配が伝わってくる。少しだけ主導権を握り返したようで気をよくして指先でその場所を辿ってみると、布の上からでもわかるくらい久我のそこは形を変えていて正直ホッとした。

自分の醜態を見て久我が興奮してくれている。そのことに勇気づけられてファスナーを下ろそうとすると、その手を久我に摑まれた。

「……待った、もう少し俺が落ち着いてからの方がいいかもしれない」

闇の中に響く久我の声が、いつもより格段に低い。久我も余裕がないのだとわかったらむしろ誘うことに抵抗はなくなった。動かせなくなった手の代わりに、秋人は目の前にあった久我の剝き出しの鎖骨に軽く歯を立てる。上目遣いに久我の様子を窺うと、斜め上から食い入るような眼差《まなざ》しでこちらを見る久我と目が合った。

さすがに気恥ずかしくなって秋人が視線を落とすと、秋人の手首を摑んでいた手を久我が解いた。その手で秋人の髪を撫で、観念したような口調で告げる。

「本当に、想像なんて軽く超えてくれるよ、お前は」

秋人の額に軽く唇をつけ、久我は自ら衣服を脱ぎ落として秋人にのしかかってきた。

ギッとベッドが低く軋む。

学生の頃いつだって屈託なく笑っていた顔とも、社会人になってから誰に対しても如才なく笑っていた顔とも違う、ひたむきにこちらを見詰めてくる久我の顔が近づいて秋人はゆっくりと目を閉じた。

「ん……」

啄《ついば》むようなキスをしながら、久我は秋人の膝を開かせる。立てた膝の間に久我の体が割り込んでくると、剝き出しの内股に久我の雄が当たった。固く熱を帯びたそれに、秋人は小さく睫《まつげ》を震わせる。相手の熱を感じたせいか、一度達したはずの自身が触れられてもいないのに熱くなっていくのがわかった。

(私の体はどうなってしまったんだろう……)

久我に柔らかく唇を嚙まれながらぼんやりと秋人は考える。

秋人はどちらかといえば性に対して淡泊で、自慰をすること自体少ないし、こんなふうに立て続けに体が反応することなどかつてなかった。

恐る恐る指を伸ばして久我の首筋に触れてみると、応えるように唇の隙間に舌が滑り込んできた。唇が深く絡まって、腰の深いところからぞくりとしたうねりが湧き上がる。

秋人の下肢に久我が指を伸ばしてきて、秋人は思わず口内を蹂躙していた久我の舌を軽く嚙んだ。とっさに謝ろうにも声が出ない秋人の舌を、お返しとばかり久我が強く吸い上げてくる。戯れのようなキスをしながら久我が指を絡ませた場所はすでに緩く頭をもたげていて、唇を離した途端久我の目元に微かな笑みが浮いた。

「意外と感じやすいんだな」

できれば指摘されたくなかったことをあっさりと口にされ、秋人はパッと久我から顔を背けた。

「ち、違う……いつもはこうじゃない……！」

「いつもって……他の奴に触られるとまた違うっていう……？」

「な——……っ…馬鹿言うな！　他人に触らせるのなんてお前が初めてだ！」

あさっての方向から飛んできた質問にうっかり本音で答えてしまい、しまった、と口を噤んだがもう遅かった。久我は秋人の言葉をじっくりと反芻するように黙り込み、それからゆるりと目を細める。

「……凄い殺し文句」

熱を帯びた低い声で囁いて、久我が秋人の首筋に顔を埋《うず》める。膝の裏に手を入れられて腰を浮かされるのと首筋に軽く歯を立てられるのはほとんど同時で、秋人は小さく身を竦ませた。じわじわと首筋に立てた歯に力を入れる久我は激情を堪えているようで、内股に当たる久我自身も先ほどより硬度を増している。その切っ先を入口に押し当てられ、秋人は無自覚に久我の首に腕を回してすがりついた。

「……っ、……う」

久我がゆっくりと腰を進めてくる。

さんざん指で慣らされていたとはいえ、さすがに簡単には受け入れられない。引き裂かれる痛みに秋人が唇を噛み締めて耐えていると、久我が心配顔で秋人の顔を覗き込んできた。

「きついか……一度止めるか……？」

そう言って腰を引こうとする久我に、秋人は大きく首を振る。

「いや……このまま——……」

「でもお前が辛いだろう」

辛いは辛い。痛いし苦しい。でも間近に迫った久我の体が離れてしまう方がもっと惜しい。

秋人は首を伸ばして久我の肩に鼻先を擦りつける。

いつもよりずっと濃い久我の匂いに、もうくしゃみは出なかった。代わりに体の関節がと

ろりと緩んで苦痛が遠ざかる。

「……このままがいい……久我……」

声まで甘く溶けてしまう。久我の広い背中を指先で辿ると、ぴんと張った皮膚の下に小さな震えが走るのがわかった。ほどなくして、耳元を押し殺した溜息が掠める。

「お前……手加減できなくなるだろ……」

奥歯を嚙み締め呻くように呟いた後、久我がまたゆっくりと腰を進めてきた。

「ん……ぅ……っ、あっ！」

ゆるゆると進んでいたと思ったら途中でグッと深く押し込まれ、身を仰け反らせたところでそれまで放置されていた雄に指を絡まされた。

「あっ、あ……っ……久我、それは……っ」

またしても、快と不快の見分けがつかなくなる。痛みが快感で塗り潰され、快感の下から苦痛がにじみ出て、でもまたそれは圧倒的な快感で押し流される。

「あっ、あっ、んぅ……っ」

小さく揺さぶられながら奥へ奥へと侵入してくる久我を受け入れ、秋人は大きく背中を反らせた。自分を抱きしめているのも貫いているのも久我だと思うと、胸の奥から熱い塊が迫り上がってくるようで呼吸すら覚束なくなる。

泣きそうだ、と思ったら本当に目尻から涙がこぼれた。それに気づいた久我が、秋人の目元に唇を寄せて困ったように眉尻を下げる。

「……やっぱり無理してるんじゃないか」

久我の息が乱れている。それだけで腰の奥が熱くなって、秋人は緩慢に首を横に振った。

「……してない」

「とか言いながら、泣いてるぞ」

「嬉しいからだ」

囁いて、秋人は膝で柔らかく久我の腰を挟んだ。

黙り込んだ久我の頬を指先で辿り、秋人は薄く目を細める。

「……初恋の相手だぞ？」

暗がりの中で、はっきりと久我の顔つきが変わった。久我は一瞬何かを堪えるように眉を寄せたが、すぐに顔を伏せて秋人の脚を抱え直す。

「──……そんなこと言われて大人しくしてられると思うか」

低い声が耳に届くや否や本格的に久我が腰を突き入れてきて秋人は顎先を跳ね上げた。柔らかく潤んだ内側を固い切っ先で突き上げられて息が止まる。苦痛に快楽が寄り添って、秋人の口からは甘い悲鳴しか出てこない。

「あっ、あぁ……っ、あっ！」

自分でも自分が受けている刺激を上手く把握することができない。ただ、それを与えているのが久我なのだと思うだけで頭の芯《しん》がジンと蕩けた。

　久我の広い背中を掌で辿り、肩先に鼻を埋め、逞しい腰を内股で締め上げると、なんだか現実離れした幸福感で体が輪郭を失っていくようだった。同時に内側を繰り返し蹂躙され、腹の底から熱く溶けていく錯覚を覚える。

「あっ、あ……っ……久我……ぁっ」

　久我の名前を呼ぶと、突き上げてくる勢いが一層激しくなった。上から降ってくる荒い息遣いに体が芯から熱くなる。

　薄く目を開けると、闇の中で久我と視線が交差した。余裕なく顔を寄せてきた久我に噛みつくようなキスをされ、秋人は背筋を震わせる。

「ん、んぅ……っ、ん……っ」

　強く舌を吸われて噛まれ、微かな痛みを感じるはずなのにそれにすら興奮している自分がいる。口内を嬲られながら熱く蕩けた内側を抉《えぐ》られると、それまで感じていた刺激が倍になって襲いかかってくるようで秋人は全身を強張らせた。

　息が続かなくなって互いの唇が離れると、いよいよ久我の動きは大きくなる。ベッドが軋むほど激しく揺すり上げられ秋人は顎を反らせた。

「ひっ、あっ、あぁ……っ！」

　体の奥を熱い塊が出入りする。擦り上げられるたびに腰の奥から甘い痺れがにじみ出て、体を支える骨が甘く砕けてしまいそうだ。苦痛は消え去り、秋人は爪先を丸めて与えられる快楽だけを従順に追う。

「あっ、あぁ――……っ！」

一際大きく久我に突き上げられたとき、体の中心に電気でも走ったように全身が震え上がった。爪先から脳天まで突き抜けていったそれに目を見開いて、秋人は久我の体の下で精を放つ。その衝撃で無自覚に久我を締めつけてしまったらしく、久我が鋭く息を飲んだ。

「……っ」

内股で挟んでいた久我の腰が震えて、大きく息の塊を吐き出した久我が秋人の上に凭れかかってきた。秋人を押し潰さないように加減して体重をかけてくるその重みに秋人の体からも力が抜ける。密着した肌の温かさと、乾いた草に似た久我の匂いにとろりと瞼が重くなり、秋人はゆっくりと瞼を閉じた。

一呼吸ついたらすぐ目を開けるつもりでいたのだが、自分でも思う以上に体力を消耗していたらしい。そのまま秋人はあっさりと意識を手放してしまったのだった。

投げ出した手を誰かに優しく握られる感触で、沈んでいた意識がゆっくりと浮上した。いつだったか同じ感覚を味わったことがある。小学校の保健室だ。

発熱してベッドに横たわっていたあのとき、誰かの手に導かれるようにして目を開けるとベッドの傍らに久我がいた。昼休みはとうに終わり、五時間目と六時間目の間に保健室まで様子を見に来てくれたらしい。久我は秋人の手を握って、薬は効いただろ？　と笑った。

薬より何より久我が見舞いに来てくれたことが嬉しくてくすぐったい気分になったことを思い出し目を開けると、今度もすぐ側に久我の顔があった。

すでに明け方近いのか、部屋の中はうっすらと青い光に満ちている。久我も自分も服を着ないまま、薄い肌掛け一枚にくるまっているようだ。

いつからそうしていたのか、久我はシーツの上で秋人の手を取り静かに秋人を見ていた。ゆっくりと瞬きを繰り返す秋人がようやく視線を定めると、薄く笑って、おはようと囁く。

久我の笑顔も声も近くて、ようやく秋人はもう一方の腕で久我が自分を胸に抱き込んでいることに気づいた。互いの素肌が密着して、唐突に昨夜の出来事が脳裏に蘇る。

たちまち赤面して顔を伏せた秋人の後ろ頭を撫で、久我は喉の奥で笑う。

「相変わらず赤くなったり急にこっち見なくなったり、病気は健在だな」

「び、病気じゃない」

むしろ本当に病気だったのはお前の方だろうと言いかけて、秋人は言葉を飲んだ。そろそろと顔を上げた秋人は、機嫌よく笑っている久我に問いかける。

「……お前の方こそ、幻聴はどうなんだ……？　あれは、私が原因なんだろう？」

心配顔の秋人に気づくと、久我は小さく肩を竦めて笑った。

「幻聴は本当に大したことない。お前の気を引きたくてちょっと大げさに言っただけだ」

「……本当か?」

「大学に入学した頃は初対面の相手の言葉の裏まで疑って、ちょっと空耳っぽいのが聞こえた時期もあったけど。ごく短期間だ」

久我は軽く答えるが、一時でもそうやって他人の言葉を信じられなくなった時期があったのだとすれば、それはやはり自分の短絡的な行動のせいだ。

「……すまなかった」

顔を伏せ、改めて久我に謝罪すると、もう一度後ろ頭を手荒に撫でられた。

「お前のことならなんでもわかるなんて途方もない自惚れにこっちが勝手に足元すくわれただけだ。気にすんな。それに何度も言うけど、幻聴なんて大層なもんでもなかった」

あやすように背中を叩かれ、それでも何か言い足りない気がして口を開きかけたら強く胸に抱き寄せられた。

「いいよ。こうやってお前がここにいてくれるだけで、もう全部いい」

呟いた久我の声は心底満たされていて、その言葉を疑う余地すら抱かせない。相手の心に深く沁《し》み込む久我の言葉は健在で、秋人はいったん謝罪の言葉を飲み込むと代わりに別のことを尋ねた。

「本当に社会人になってからは、一度も幻聴は聞こえなかったのか?」

「うん、全然」

「だったら、私と喋っているときに幻聴が聞こえたというのも嘘か？」

いつだったか久我と喋っていたとき、まるでこちらの心の声が相手に伝わってしまったかのような場面に遭遇したことがあった。幻聴だ、と久我は言ったが、実際には何も聞こえていなかったということだろうか。

久我は秋人を抱きしめる腕を緩めると、面白そうに唇の端を持ち上げた。

「聞こえなかったけど、お前考えてること顔に出やすいから。大体わかる」

「な……っ」

「十年もブランクがあったし、別れ際はいろいろあったからどうかなぁと思ったんだけど、やっぱりお前わかりやすいよ。あれで大分自信も回復した」

「わ、私はそんなに単純じゃないぞ！」

反論してみたものの自分でもどうも説得力に欠ける。久我はむきになった秋人を一頻り笑うと、唇に薄く笑みを残して秋人の顔をジッと見詰めた。

明け方の青白い光の中、こちらを見る久我の目は穏やかだ。十年前のことを根に持っている様子はない。秋人の手を握り締める手から力が抜けることはなく、何ひとつ言葉にされなくとも「大丈夫だ」と言われている気分になって体から力が抜けた。

秋人の唇からゆるゆるとした吐息が漏れる。優しく笑う久我から目を逸らせないまま、秋人は改めて胸の中で呟いた。

（本当に、この男のことが好きだ……）

二人きりの修学旅行で夕日に照らされる久我の横顔を見て、理由も根拠も全部投げ出し、ただ好きだという気持ちだけがすとんと胸に落ちてきたのと同じ感覚で秋人は思う。

いつから、とか、どうして、なんて最早説明できないほど深く胸に根づいている気持ちを秋人が再確認していると、久我が猫のように目を細めて笑った。

「今だったら多分、『政木、だーい好き』とか思ってるんだろ」

冗談めかして久我が口にした言葉に、秋人の体がぎくりと強張った。我ながらあからさますぎる反応をごまかすより先に、久我が驚いた顔で目を瞠る。

「え、マジで？」

「ち、違う！　言ってない！　そんなこと思ったこともないぞ！　お前のことを名前で呼んだことなんて、想像の中でだって一度もない！」

本音を見透かされたことをごまかそうと秋人が口早にまくしたてると、久我は小さく目を瞬かせて小首を傾げた。

「……だーい好き、の部分は否定しないんだ？」

とっさに声を詰まらせた秋人に、久我は声を立てて笑う。

「あーもう、可愛い可愛い。どうなってんだお前」

「うるさい！　言ってない！　それこそ幻聴だ！」

「そうだな。病気だ病気、お互いに。同年代の男がこんなに可愛く見える日が来るなんて、本当にどうかしてる」

　笑いながら久我が秋人を抱き込んできて、秋人の顔は何度でも赤くなる。心拍数は落ち着いた端から跳ね上がり一向に安定しない。十年の空白があるとはいえもう随分長く側にいるのに、久我を好きになる気持ちには際限がない。

（本当に、何かの病気なんじゃないのか？）

　今もドキドキと落ち着かない心臓を宥めていると、久我が笑いながら秋人に唇を寄せてきた。一瞬期待に身を震わせたものの、久我ばかり余裕があるのがなんだか癪《しゃく》で、秋人は近づいてきたその顔にわざと盛大なくしゃみをぶつけてやった。

あとがき

修学旅行でお土産らしいお土産を買った記憶がない海野です、こんにちは。

子供の頃から旅行というものにほとんど行ったことがなかったため、旅先では土産を買ってくる、という認識があまりなく、思い返せば修学旅行では自分にも家族にもろくなお土産を買って帰った覚えがありません。

中学のときに修学旅行で京都に行って、辛うじてコンビニで練り香水を買ってきた記憶があるくらいでしょうか。なんとなく練り香水って和風だな、と思って買ったものの、別に地域限定の品でもなんでもなく、帰ったら近所のコンビニでも同じ物が売られていました。お土産と言っていいものかどうか。

作中では木刀のキーホルダーが出てきますが、別にこれも現物を見たわけではなく、担当さんとネタの話をしながら「学生時代の思い出の品とか出てきたらいいですね」という流れになり、じゃあ修学旅行のお土産ですかね、お土産の定番ってなんでしょうね、いやあんまり他人とかぶらないものがいいんじゃないでしょうか、ダサいペナントとか？　木彫りの熊とか？　なんて言っているうちに木刀のキーホルダーになったのでした。

「シリアスなシーンで木刀とか出てきても大丈夫ですかね⁉」なんてゲラゲラ笑いながら採用した次第ですが、作中で久我がキーホルダーを見て腹を抱えて笑っているのはそのときの電話の空気が色濃く反映された結果です。

そんな話はさておき、今回イラストを担当してくださった伊東七つ生様、本当にありがとうございます！　秋人のキャララフを見たときは「待ってたよ！　君だ！」と心の中で力強く歓迎の意を表明した次第です。こんな美人だったら多少ツンツンされても耐えられる……！　久我、よかったね！　と心の底から思います。

そして末尾になりますが、この本を手に取ってくださった読者の皆様、本当にありがとうございます。もじもじした初恋にニヤニヤしていただければ幸いです。木刀が雰囲気をぶち壊していないことも密かに祈っています。

それでは、またどこかで皆様とお会いできることを願って。

海野　幸

海野幸先生、伊東七つ生先生へのお便り、
本作品に関するご意見、ご感想などは
〒101-8405
東京都千代田区三崎町2-18-11
二見書房　シャレード文庫
「初恋の諸症状」係まで。

本作品は書き下ろしです

CHARADE BUNKO

初恋《はつこい》の諸症状《しょしょうじょう》

【著者】海野幸《うみのさち》

【発行所】株式会社二見書房
東京都千代田区三崎町2-18-11
電話　03(3515)2311［営業］
　　　03(3515)2314［編集］
振替　00170-4-2639
【印刷】株式会社堀内印刷所
【製本】ナショナル製本協同組合

落丁・乱丁本はお取り替えいたします。
定価は、カバーに表示してあります。

ISBN978-4-576-14108-4

http://charade.futami.co.jp/

CHARADE BUNKO

スタイリッシュ&スウィートな男たちの恋満載

海野 幸の本

もしかして課長は……俺のことが好きとか、そういう……？

家計簿課長と日記王子

イラスト＝夏水りつ

電機メーカーに勤める周平の唯一の趣味は、家計簿をつけること。極度の倹約家で安いという言葉が何より大好き。しかし、周平の住む社員寮が火事で焼けてしまい、社内でも屈指のイケメン・営業部の王子こと伏見と同居することになり…。

……嫌じゃないんだろ？

この味覚えてる？

イラスト＝高久尚子

パティシエの陽太と和菓子職人の喜代治は幼馴染み。ところが高校三年の冬、些細な喧嘩が元で犬猿の仲になり早五年。地元商店街活性化のため目玉スイーツの制作を依頼された陽太は、なんとあの喜代治と共同制作をすることになるのだが…。

CHARADE BUNKO

スタイリッシュ&スウィートな男たちの恋満載

海野 幸の本

瑚條蓮也。四歳です

極道幼稚園

イラスト＝小椋ムク

ひかりの勤める幼稚園にヤクザが立ち退きを要求してきた。断固戦う姿勢のひかりだが、ヤクザの若社長・瑚條に気に入られてしまい…。そんなある日、園児を庇って怪我をした瑚條が記憶喪失&幼児退行というまさかの事態が勃発——!?

毒舌ドSツン弟子×天然ドジッ子教授

理系の恋文教室

イラスト＝草間さかえ

容姿端麗・成績優秀。あらゆる研究室から引く手あまたの伊瀬君が、なんの間違いか我が春井研究室にやってきた。おかげで雑用にもたつく私は伊瀬君に叱り飛ばされ、怯える日々。しかし——。

CHARADE BUNKO

スタイリッシュ&スウィートな男たちの恋満載

海野 幸の本

……何かを守りながら戦うのは、疲れるな

カミナリの行方

イラスト＝南月ゆう

獰猛な獣から村を守るため守人となった草弥。ある日、珍獣の雷狐が出没し、都から最上級の守人・黒羽が招かれることに。力を貸してくれるよう頼む草弥に、黒羽は代償として夜伽を要求してくるが…。

俺を幸せにしたいなら、ずっと俺の側にいろ

遅咲きの座敷わらし

イラスト＝鈴倉 温

見た目二十歳で、これまで人を幸せにした実績のない遅咲きの座敷わらし・千早。新しくアパートの住人になった大学院生の冬樹の身の回りの世話をしつつ、彼の幸せをひたすら祈る千早だが…。